AF395120

MARK TWAIN

KÄPT'N STORMFIELD BESUCHT
DEN HIMMEL

ÜBERSETZT VON
GINO LEINEWEBER

VERLAG EXPEDITIONEN

Bibliografische Information der Deutschen Nationalbibliothek:
Die Deutsche Nationalbibliothek verzeichnet diese Publikation in der
Deutschen Nationalbibliografie; detaillierte bibliografische Daten sind im
Internet über http://dnb.dnb.de abrufbar.

Mark Twain
Käpt'n Stormfield besucht den Himmel
Aus dem Amerikanischen Englisch übersetzt von
Gino Leineweber
1. Auflage 2018

Originalausgabe erstmals erschienen in den USA
Extract of Captain Stormfield's Visit to Heaven
Prometheus Book, 1909

Umschlagfoto Gino Leineweber: Acoma Sky City, Arizona
Umschlaggestaltung Birgitta Sjöblom
Autorenfoto: Mit freundlicher Genehmigung
University of California, Berkeley, CA
Mark Twain Project and Papers

ISBN: 978-3-943863-86-4

Auch aus verborgenem Winkel
kann man den Sprung hinauf
in den Himmel tun

Seneca

Inhalt

Anhänge

VORWORT

Käpt'n Stormfield besucht den Himmel erschien erstmals 1909 und war somit das letzte Buch, das Mark Twain zu Lebzeiten veröffentlicht hat.

Doch die Idee dazu hatte er schon seit fast vierzig Jahren im Kopf und seitdem immer wieder einmal daran gearbeitet. Der Titel der Erstausgabe lautet im Original *Extract of Captain Stormfield's Visit to Heaven*, also ein Auszug. Aber von was? In der Tat handelt es sich um einen Text, der danach aussieht, als gäbe noch eine umfangreichere Version. Das ist leider nicht der Fall. So hat das Buch nur zwei Kapitel. Leser und Wissenschaftler könnten darüber nachdenken, warum Mark Twain im Titel den Begriff „Auszug" verwendet. Ich mag die Schlussfolgerung, die Victor Doyno 2002 in seinem Vorwort zu einer Originalausgabe des amerikanischen Verlags Prometheus Book gegeben hat. Danach könnte sich Mark Twain gesagt haben: „Ich habe mir eine Menge Gedanken zu diesem Thema gemacht und sehr viele Formulierungen dazu, hier nur eine kleine Andeutung von allem", und vielleicht hat er dies als einen „ehrbaren, humorvollen und satirischen Abschied" eines Schriftstellers betrachtet. Nicht erzählen, was man weiß.

Das Buch ist eine Satire. Vielleicht ist das der Grund, weshalb Mark Twain es nicht vor dem Tod (1904) seiner Ehefrau Olivia (Livy) veröffentlicht hat, die im Gegensatz zu ihm an die Existenz des Himmels glaubte. Livy mag in der Hoffnung gelebt haben, die zwei von ihren vier Kindern, die zuvor verstorben waren, im Himmel wiederzusehen. Das Konzept eines Himmels wird oft als tröstlich empfunden im Anblick der Endlichkeit des irdischen Lebens. Die Anhänger der am meisten verbreiteten Religionen auf Erden, die Christen und Muslime, glauben daran. Aber wie sieht es dort oben aus?

Mark Twain lässt es uns durch die Erzählungen von Käpt'n Stormfield wissen. Im Tonfall eines Seemanns erzählt, der die Welt gesehen hat und den so schnell nichts erschüttert. Aus der Art der Erzählung können wir erkennen, dass der Autor es anscheinend genossen hat, mit der Idee eines Himmels, in dem wir uns alle wiederfinden werden, zu spielen. Er stellt die Zustände dort in religiös-philosophische Zusammenhänge und gewinnt neben ausgesprochen satirischen Passagen bedenkenswerte Erkenntnisse.

Ich hoffe, die Leser dieses Buches mögen genauso viel Freude an der Lektüre haben, wie ich sie bei der Übersetzung hatte.

Gino Leineweber
April 2018

KAPITEL 1

Als ich ungefähr dreißig Jahre tot war, fing ich an, ein wenig ängstlich zu werden. Die ganze Zeit über sauste ich durch den Raum wie ein Komet. Warum sage ich: wie ein Komet? Ich habe sie alle überholt. Deswegen. Natürlich flog keiner davon beständig in meine Richtung, denn sie bewegen sich in großen Kreisen wie die Schleife eines Lassos, während ich wie ein Dart-Pfeil genau auf das Jenseits zielte. Aber immer wieder einmal liefen sie mir, für eine Stunde oder so, über den Weg, und ich habe sie dann ein wenig abgebürstet. Es war immer ziemlich einseitig, denn ich segelte an ihnen vorbei, als ob es nichts wäre. Als wenn sie stillstehen würden.

Ein gewöhnlicher Komet schafft nicht mehr als 200.000 Meilen pro Minute. Natürlich war von ihnen, wie zum Beispiel von Encke und Halley, nicht viel mehr als der Lichtstrahl zu sehen, wenn ich an ihnen vorbeigesegelt bin. Man kann es deswegen nicht wirklich als Wettfahrt bezeichnen. Es war eher so, als ob der Komet 'n Bummelzug und ich 'n Eilzug war.

Nachdem ich aus unserem galaktischen System raus

war, habe ich allerdings gelegentlich einen getroffen, der mir ebenbürtig war. Bei uns gibt es solche nicht. Unsere sind einfach zu fipsig.

Eines Nachts, alles war straff getrimmt, der Wind günstig und die Segel waren voll und bei, sehe ich plötzlich, etwa drei Strich Steuerbord voraus, ein riesiges Exemplar. Es war schätzungsweise mit ungefähr einer Million Meilen pro Minute unterwegs – vielleicht mehr, aber keinesfalls weniger. An seinen Hecklichtern konnte ich seinen Kurs in Richtung Nord und Nord-Nord-Ost erkennen. Es war mir so nahe – die Chance konnte ich mir nicht entgehen lassen. Also falle ich einen Strich ab, richte das Ruder und segle auf den Kometen zu. Du hättest mich dahinsausen sehen sollen. Schon nach etwa anderthalb Minuten war ich den elektrischen Teilchen seiner Strahlung ausgesetzt, die kilometerweit emporflackerte und den ganzen Raum taghell werden ließ.

Der Komet, als ich ihn zum ersten Mal sah, brannte blau wie eine kränkliche Fackel. Aber er wurde schnell größer und größer. Ich rauschte wahnsinnig schnell auf ihn zu. Nach ungefähr einhundertfünfzig Milliarden Meilen habe ich mich so weit an ihn herangeschlichen, dass ich nah genug bin, um von der phosphoreszierenden Pracht seines Windschattens verschluckt zu werden. Ich bin so geblendet, dass ich nichts sehen kann und denke, lieber nichts zu tun, um nicht in ihn hineinzurasen. Also habe ich mich an die Seite navigiert, um mich mitziehen lassen. Ich schließe nach und nach auf, bis ich neben seinem Schweif auf gleicher Höhe bin. Weißt du, wie ich mir vorkam? Wie eine Mücke in nächster Nähe zum amerikanischen Kontinent. Ich lasse mich immer weiterziehen. Als ich an seiner Seite etwas mehr als hundertfünfzig Millionen Meilen entlanggesegelt bin, konnte ich erkennen, dass ich noch nicht einmal bis zu seinem Hosenbund gekommen war.

Ich kann dir sagen, wir wissen hier unten nichts über Kometen. Wenn du Kometen sehen willst, die wirklich Kometen sind, musst du dich außerhalb unseres Sonnensystems aufhalten – dort, wo genügend Platz für sie ist, verstehst du? Ich habe da draußen Kometen gesehen, mein Freund, die sich in unserem Orbit nicht auf den edelsten Kometen hätten niederlassen können, ohne dass ihre Schweife an den Seiten nicht rüberhängen würden.

Nun, ich schwinge mich weitere hundertfünfzig Millionen Meilen hoch, bis ich, ich sag's mal so, auf gleicher Höhe mit seiner Schulter bin. Ich fühle mich ziemlich gut, kann ich dir sagen. Doch plötzlich bemerke ich, wie drüben der Decksoffizier auf meine Seite rüberkommt und sein Glas in meine Richtung hält.

Dann höre ich ihn auch schon rufen:

„Da unten, ahoi! Kommt in die Gänge, Kommt in die Gänge! Hievt Schwefel auf! Hievt hundert Milliarden Tonnen Schwefel auf!"

„Aye-Aye, Sir!"

„Scheucht die Steuerbordwache hoch! Alle Mann an Deck!"

„Aye-Aye, Sir!"

„Schickt zweihundert Millionen Männer nach oben, um alle wachzurütteln

„Aye-Aye, Sir!"

„Bringt die Segel! Hängt jeden Lappen auf, den ihr habt! Das ganze Tuch vom Mast bis zum Ruder!"

„Aye-Aye, Sir!"

Weißt du, es dauert nur ungefähr eine Sekunde, bis mir klar wird, dass ich einen ziemlich üblen Gesellen aufgescheucht habe. Nach nur zehn Sekunden ist dieser Komet nur noch eine Wolke rotglühender Segel und verdeckt den ganzen Himmel – das dreckige Ding scheint mit seiner üblen Wolke aus Schwefel und Gestank den ganzen Raum einzunehmen.

Ich kann nicht richtig erklären, wie er sich in den Himmel treibt oder schleudert. Ich bin auch nicht in der Lage, den Gestank, der von ihm ausgeht, nur halbwegs zu beschreiben. Ganz zu schweigen von dem Krach, den dieses monströse Schiff macht. Als wenn Tausende von Bootsmannpfeifen kreischen und eine Crew aus hunderttausend Welten auf einmal zu fluchen beginnt. So etwas habe ich noch nie zuvor gehört.

So brüllen und donnern wir Seite an Seite, und ich muss höllisch aufpassen, ihn nicht anzurempeln. Der hier liegt nun fast über mir, und ich bin gezwungen, ihn zu besiegen, oder ich werde zu Grunde gehen. Ich will auch meinen guten Ruf, den ich glaube, im Weltraum zu haben, nicht aufs Spiel setzen. Ich bemerke zwar, dass ich nicht mehr viel schneller bin als zuvor, aber es reicht trotzdem. An Bord des Kometen herrscht helle Aufregung. Mehr als hundert Milliarden Passagiere strömen von unten nach oben, stürmen auf meine Seite und beginnen zu wetten, wer das Rennen gewinnen würde. Natürlich gerät das Schiff dadurch außer Kontrolle und verliert an Geschwindigkeit.

Aber, was ist das für ein verrückter Kumpel da drüben! Springt der doch mit seinem Trichter in der Hand in die Menge und schreit:

„Mittschiffs! Mittschiffs, ihr Idioten! Oder ich hau euch allen die Köppe ein!"

Nun, ich sag dir, ich gewinne Stück um Stück, bis ich schließlich fröhlich am Bug des prächtigen Flächenbrands vorbeiziehe. Zu dieser Zeit erscheint neben dem Maat der Kapitän des Kometen. Er ist von all dem Lärm aufgescheucht worden und steht da nun wie blöd in Hemdsärmeln und Hausschuhen rum. Die Haare im roten Licht sehen aus wie

Rattennester und seine Hosenträger baumeln herab. Ich kann einfach nicht anders, als ihm eine Nase zu drehen und höhnisch zu rufen:
„Ta-ta! Ta-ta! Irgendetwas, was ich deiner Familie ausrichten soll?"
Das, mein lieber Freund, war ein Fehler. Ja, Sir, das habe ich oft bedauert – es war ein riesiger Fehler. Der Kapitän hatte sich doch schon geschlagen gegeben. Aber sich auch noch verhöhnen zu lassen, war zu viel für ihn. Das konnte er nicht ertragen. Er wendet sich an seinen Kumpel und fragt:
„Haben wir genug Schwefel für die Reise?"
„Ja, Sir."
„Sicher?"
„Ja, Sir – mehr als genug."
„Wie viel Fracht haben wir für Satan?"
„Achthunderttausend Trillionen Kazark."
„Also gut, dann lass den ganzen Kram einfrieren, bis der nächste Komet kommt. Schifft alles aus! Hievt die ganze Ladung über Bord! Ran, jetzt, ran, Männer!"
Ich habe dort drüben herausgefunden, was ein Kasark genau ist. Ich will's dir sagen und du kannst es mir gerne glauben. Ein Kasark ist nämlich, bleib schön ruhig, die Masse von einhundertsechsundneunzig Welten. Welten wie unsere. Und diese Ladung haben die einfach über Bord gehievt. Als die runterfällt, gehen einer beträchtlichen Anzahl von

Sternen die Lichter aus als wären es Kerzen, die jemand einfach mal soeben ausgepustet hat. Das Rennen ist natürlich gelaufen. In derselben Minute, in der er von seinem Ballast erleichtert ist, schwingt der Komet neben mir auf, als ob ich geankert hätte. Dann stellt sich der Kapitän aufs Heck hinter die rückwärtigen Ladekräne, dreht nun mir 'ne Nase und singt aus:

„Ta-ra! Ta-ra! Vielleicht hast du ja 'ne Botschaft für deine Freunde in den unvergänglichen Bereichen!"

Dann zieht er seine Hosenträger hoch und sein Schiff nimmt noch mehr Fahrt auf, und nach 'ner Dreiviertelstunde ist es nur noch als blasses Funkeln in der Ferne zu sehen. Es war ein Fehler – Ja. Diese höhnische Bemerkung von mir war ein Fehler. Ich glaube nicht, dass ich jemals darüber hinwegkommen werde. Ich hätte diesen Himmels-Rabauken geschlagen, wenn ich bloß meine Schnauze gehalten hätte.

Aber zurück zum Kurs meiner Geschichte, von der ich ein wenig abgekommen bin. Ich wollte nur, dass du verstehst, wie schnell ich war. Also, wie ich schon sagte, als ich etwa dreißig Jahre lang auf diesem Weg herumgerast bin, wurde ich unruhig. Zuerst war es ziemlich angenehm, eine Menge neuer Gegenden kennenzulernen. Aber mit der Zeit wurde es einsam, weißt du.

Außerdem wollte ich irgendwo hin. Ich war nicht in See gestochen, um für immer zu kreuzen. Zunächst mochte ich es, weil ich glaubte, in ziemlich warmen Gefilden aufzutauchen, wenn ich erst mal durch die erste Zeit durchgekommen wäre. Aber gegen Ende spürte ich, dass ich lieber mal irgendwo ankommen würde. Wo auch immer – na ja, nicht ganz, aber fast überall. Nur um die Ungewissheit endlich zu beenden. Nun, eines Nachts – es ist immer Nacht, außer wenn ich an einem Stern vorbeistürmte, der das ganze Universum mit seinem Feuer blendete. Dann war es natürlich hell genug. Aber das dauerte nur ein oder zwei Minuten, dann war ich durch und tauchte wieder in die solide Dunkelheit ein. Die Sterne sind nämlich nicht so nah beieinander, wie es aussieht.

Okay, wo war ich stehen geblieben? Oh ja, eines Nachts also, als ich so vor mich hinsegle, entdeckte ich eine lange Reihe blinkender Lichter vor mir am Horizont. Als ich mich näherte, sah ich, dass sie riesig waren. Sie ragten hoch in die Luft und sahen aus wie mächtige Öfen. Ist ja klar, sagte ich zu mir. Da bin ich, bei Gott, endlich irgendwo angekommen – und dann, genau wie ich es erwartet hatte, natürlich an der falschen Stelle. Dann wurde ich ohnmächtig.

Wie lange es gedauert hat, weiß ich nicht. Es muss aber eine ganze Weile gewesen sein, denn als ich zu mir kam, schien die Sonne und die Luft roch sehr angenehm. Ich befand mich in einem herrlichen, strahlend schönen Land. Die Sachen, die ich für Öfen gehalten hatte, sind Tore.

Sie ragen meilenweit empor, und ihre Wände bestehen aus purem Gold, in denen funkelnde Juwelen stecken. Ich konnte weder das obere Ende sehen, noch wo sie an den Seiten aufhörten.

Man hieß mich geradewegs zu einem von ihnen zu gehen. Um mich herum waren Millionen Menschen, die einen unglaublichen Lärm machten, als sie zu den Toren hetzten.

Mit einem ganzen Schwarm anderer Leute trieb ich bis zu einer Empfangshalle.

Als ich an der Reihe war, fragte der Beamte geschäftsmäßig:

„Sag' schnell, wo kommst du her?"

„San Francisco", sag ich.

„San Fran – was?", sagt er.

„San Francisco!"

Er kratzt sich am Kopf und sieht verwirrt aus, dann sagt er:

„Ist das ein Planet?"

Bei Gott. Stell dir bloß mal vor! San Francisco ein Planet!

„Planet?", frag ich und sag: „Es ist eine Stadt. Und außerdem ist es eine der größten und feinsten und ..."

„Bitte nicht", sagt er, „keine Zeit für Gespräche. Bei uns geht es nicht um Städte. Woher kommst du generell?"

„Oh", sag ich, „sorry, schreiben Sie einfach Kalifornien."

Wieder dasselbe. Er rätselt eine Sekunde, dann sagt er scharf und gereizt:

„Ich kenne keinen solchen Planeten – ist es eine Konstellation?"

„Oh, du meine Güte", sag ich. „Sternbild, meinen Sie? Nein, es ist ein Staat."

„Mann, hier geht es nicht um Staaten. Kannst du mir nicht im Allgemeinen sagen, im Großen meine ich, wo du herkommst. Verstehst du das nicht?"

„Oh, jetzt verstehe ich was Sie meinen", sag ich. „Amerika. Ich komme aus Amerika, den Vereinigten Staaten von Amerika."

Wieder dieselbe Reaktion. Kannst du das glauben? Sein Gesicht ist so leer wie ein Revolver nach einer Schießerei.

Er wendet sich an einen seiner Mitarbeiter und sagt:

„Wo ist Amerika? Was ist Amerika?"

Der Untergebene antwortet prompt und sagt:

„Solch eine Kugel gibt es nicht."

„Kugel?", frag ich. „Wovon reden Sie, junger Mann? Amerika ist keine Kugel, es ist ein Land. Ein Kontinent. Von Columbus entdeckt. Ich vermute mal, dass Sie wahrscheinlich schon von ihm gehört haben. Amerika, Sir, Amerika ..."

„Ruhe", sagt der Vorgesetzte. „Ein für allemal, von wo stammen Sie – von wo?

„Nun", sag ich, „Ich weiß nicht mehr zu sagen, als dass ich von der Welt bin."

„Ah", sagt er und sein Gesicht hellt sich etwas auf, „das ist doch mal was. Was denn für eine Welt?"

Weißt du, jetzt hatte er mich, dieses Mal hatte er mich. Jetzt war ich verwirrt. Er sah mich besorgt an, bis es aus ihm herausbrach:

„Nun komm schon, komm schon. Welche Welt?"

Ich sag: „DIE Welt, natürlich. Welche sonst?"

„DIE Welt?", fragt er und sagt: „DIE Welt gibt es nicht. Es gibt Milliarden von ihnen, Mann ..."

Er hieß mich zur Seite zu treten und rief:

„Der Nächste!"

Ich tat, was er verlangte, und ein Mann, himmelblau, mit sieben Köpfen und nur einem Bein hüpfte an meine Stelle.

Daraufhin ging ich ein wenig spazieren und mir fiel auf, dass all die Myriaden von Kreaturen, die wie ich durch dieses Tor marschiert waren, genau so aussahen wie dieser Typ. Ich versuchte, jemanden ausfindig zu machen, der mir ähnlich war. Aber ich entdeckte keinen. Nachdem ich das Ganze nochmal durchdacht hatte, drehte ich mich schließlich um, schlängelte mich demütig und ziemlich ratlos zurück durch die Menge und stellte mich wieder an.

„Und?", sagt der Beamte.

Bescheiden sag ich: „Nun, Sir, ich scheine nicht zu wissen, wie die Welt heißt, aus der ich komme. Aber Sie wissen es möglicherweise, wenn ich Ihnen sage, dass es die Welt ist, die der Erlöser gerettet hat."

Als ich das Wort Erlöser sage, beugt der Beamte seinen Kopf und sagt dann ganz sanft:

„Die Welten, die von IHM erlöst wurden, sind so zahlreich wie es Tore des Himmels gibt. Von denen weiß auch keiner, wie viele es sind. In welchem astronomischen System befindet sich denn deine Welt? Vielleicht hilft das."

„Es ist dasjenige, mit der Sonne in der Mitte – und der Mond – und der Mars."

Aber jedes Mal schüttelt er den Kopf. Er hatte noch nie davon gehört.

„Und Neptun – und Uranus – und Jupiter – und Uranus – und Jupiter."

„Wart' mal", sagt er da, „wart' mal 'ne Minute. Jupiter ... Jupiter ... Mir ist, als hätten wir mal einen von dort gehabt, vor acht- oder neunhundert Jahren. Ja, ich glaube. Aber Leute aus diesem System kommen nur sehr selten durch dieses Tor."

Plötzlich beginnt er, mir so eindringlich in die Augen zu schauen, dass ich denke, er würde mich mit seinen Blicken durchbohren wollen, und fragt dann zielgerichtet:

„Willst du mir eigentlich weismachen, dass du geradewegs von da hergekommen bist? Daher? Aus diesem System?"

„Ja, Sir", sag ich – aber werde ein klein bisschen rot dabei.

Er sieht mich ziemlich streng an:

„Das kann nicht sein. Erzähl mir nichts. Hier ist nicht der Ort, Tatsachen zu verdrehen. Und es ist eine Tatsache, dass du von deinem Kurs abgewichen bist. Oder? Wie konnte das passieren?"

Ich werde wieder rot und sag:

„Es tut mir leid. Ich geb' zu, dass es nicht stimmt. Ich muss gestehen, dass ich eines Tages eine kleine Wettfahrt mit einem Kometen gemacht habe. Nur ein bisschen – ein kleines bisschen – nur das winzigste bisschen."

„So – so", sagt er, und man kann nicht sagen, dass seine Stimme sehr süß klingt, weshalb ich rasch hinzufüge:

„Aber ich bin nur einen Strich abgefallen und dann sofort wieder auf Kurs gegangen, sobald das Rennen vorbei war."

„Das ist ganz egal – diese Abweichung hat uns diese Schwierigkeiten bereitet. Sie hat dich zu einem Tor geführt, das Milliarden von Meilen von deinem richtigen entfernt ist. Wenn du zu dem Tor gegangen wärest, hätten sie dort sofort alles über deine Welt gewusst, und es würde keine Verzögerung gegeben haben. Aber wir werden versuchen, dich unterzubringen."

Er wendet sich an einen Mitarbeiter und fragt:

„In welchem System befindet sich Jupiter?"

„Ich erinnere mich nicht, Sir", sagt der, „aber ich glaube, dass es einen solchen Planeten in einem der neuen kleinen Systeme gibt, die sich in einer kaum erschlossenen Ecke des Universums angesiedelt haben. Ich schau mal nach."

Er nimmt einen Ballon und segelt damit hoch und höher, bis er vor einer Karte in der Größe von Rhode Island steht. Dann geht er noch höher, bis er außer Sichtweite ist. Kurz danach kommt er wieder runter, holt sich etwas zu essen und geht wieder rauf.

Das geht noch ein oder zwei weitere Tage so. Schließlich kommt er runter und sagt, er hätte das Sonnensystem wohl gefunden, aber es könnte auch ein Fliegenschiss sein. Er holt ein Mikroskop und geht erneut hoch, und als er wieder runterkommt, sagt er, er sei besser zurechtgekommen, als er befürchtet habe. Er habe unser System, wie er sich ausdrückt, aufgescheucht. Ganz sicher. Ich muss ihm unseren Planeten und seine Entfernung zur Sonne beschreiben, worauf er zufrieden nickt und dann zu seinem Häuptling sagt:

„Ich weiß jetzt, was er meint, Sir. Sie ist auf der Karte drauf. Sie heißt ‚Warze'."

Als ich das höre, denke ich nur, dass es für ihn nicht gut wäre, in unsere Welt zu gehen und sie ‚Warze' zu nennen.

Wie es auch sei. Sie lassen mich rein und sagen, dass ich nun für immer sicher sei und keine Probleme mehr haben würde.

Danach wandten sie sich von mir ab und machten mit ihrer Arbeit weiter. Meinen Fall betrachten sie als vollständig in Ordnung und tipptopp abgeschlossen.

Nur für mich schien das noch nicht alles geregelt zu sein, und ich war mir unsicher, ob ich etwas sagen sollte. Aber erst einmal sagte ich nichts. Obwohl – es hat mir nicht gefallen. Allerdings, sie mit meinen Gedanken zu belästigen, gefiel mir auch nicht. Es schien nicht angebracht zu sein, denn sie hatten viel zu tun.

Zweimal war ich kurz davor, meine Bedenken sausen zu lassen und einfach weiterzugehen. Aber dann dachte ich daran, wie das aussehen würde, wenn ich inmitten all der Erlösten in meiner Takelage herumsegelte.

Das hielt mich dann doch zurück und ließ mich noch eine Weile vor Anker bleiben. Natürlich starrten mich alle an. Büroangestellte, weißt du, die sich wohl fragten, warum ich nicht unterwegs war. Ich fühlte mich unbehaglich und wusste, lange würde ich das nicht durchhalten.

Schließlich nahm ich meinen Mut zusammen und gab dem Beamten ein Zeichen.

„Was?", fragt der. „Du schon wieder? Was willst Du?"

Ich sag mit leiser Stimme und mach mit meinen Händen einen Trichter an seinem Ohr, damit mich ja keiner hört:

„Ich bitte um Verzeihung. Ich möchte Sie nicht belästigen oder mich unnötig einmischen, aber haben Sie nicht etwas vergessen?"

Er überlegt eine Sekunde und sagt:

„Etwas vergessen? ... Nein, nicht dass ich wüsste."

„Denken Sie nach", sag ich.

Er denkt. Dann sagt er:

„Nein, bestimmt habe ich nichts vergessen. Was sollte es denn sein?"

„Schau mich an", sag ich, „schau mich genau an."

Er schaut. Dann sagt er:

„Und?"

„Sie bemerken nichts?", frag ich und sag: „Wenn ich mich so unter die Auserwählten begebe, würde ich dann nicht beträchtliche Aufmerksamkeit erregen? Würde ich nicht jedem auffallen?"

„Nö", sagt er, „ich sehe nichts, was nicht stimmen sollte. Was fehlt dir denn?"

„Was mir fehlt? Meine Harfe, mein Kranz, mein Heiligenschein, mein Gesangbuch, mein Hymnenbuch, mein Palmenzweig – mir fehlt einfach alles, mein Freund. Alles, was man normalerweise hier oben benötigt."

Ob er wohl verwirrt war? Er war der schlimmste verwirrte Mann, den du jemals gesehen hast. Ich betrachte ihn eine Weile voller Erstaunen, bis er sagt:

„Nun, du scheinst mir auf vielerlei Art ein merkwürdiger Mann zu sein. Ich habe noch nie von diesen Dingen gehört."

„Nun, ich hoffe, Sie nehmen es nicht persönlich, denn so ist es nicht gemeint. Aber für einen Mann, der schon solange im Himmelreich arbeitet, wie ich annehme, dass Sie es tun, kommt es mir vor, dass Sie wirklich mächtig wenig über seine Bräuche wissen."

„Seine Bräuche ...", sagt er, „der Himmel ist ein sehr großer Ort, mein Freund. Solche Riesenreiche haben viele und unterschiedliche Sitten und Gebräuche. Auch in kleinen Ländern ist das so. Das kennst du sicher selbst von den knappen Ausdehnungen in deiner Warze. Wie glaubst Du eigentlich sollte ich jemals die vielfältigen Bräuche der unzähligen Reiche des Himmels kennenlernen können? Mir brummt schon der Schädel, wenn ich nur daran denke. Ich kenne alles, was in den Gebieten üblich ist, die von den Leuten bewohnt werden, die dazu bestimmt sind, durch mein Tor einzutreten.

Und glaub mir: Das ist genug an Kenntnissen, die sich ein Einzelner aneignen kann, der sich, wie ich, seit siebenunddreißig Millionen Jahren, bei Tag und Nacht solchen Studien widmet. Alle Bräuche der ganzen entsetzlichen Weite des Himmels kennenzulernen – oh Mann, was für einen Blödsinn redest du da? Ich bezweifle nicht, dass dieses seltsame Kostüm, von dem du sprichst, in dem Teil des Himmels, zu dem du eigentlich gehörst, in Mode ist. Aber hier, in unserem Teil, wirst du nicht auffallen, wenn du es nicht trägst."

Wenn das so ist, dachte ich, muss ich mir ja keine Sorgen machen. Also wünschte ich ihm einen guten Tag und ging. Die ganze Zeit hoffte ich, aus der wunderbaren Halle in der das Büro sich befand, heraus und in den eigentlichen Himmel zu kommen.

Aber ich kam nicht ans Ende, denn sie war nach dem generellen himmlischen Plan gebaut und somit natürlich riesengroß. Als ich so müde war, dass ich nicht mehr weitergehen konnte, setzte ich mich hin, um auszuruhen und nahm mir die seltsamen Fremden vor, um sie auszufragen. Aber sie verstanden meine Sprache nicht und ich nicht ihre. Das führte dazu, dass ich mich schrecklich einsam fühlte. Ich hatte Heimweh und war so niedergeschlagen, dass ich mir hundert Mal wünschte, ich wäre nie gestorben.

Ich bin natürlich umgekehrt. Gegen Mittag am nächsten Tag stehe ich wieder vor dem Beamten im Buchungsbüro und sage:

„Ich beginne einzusehen, dass ein Mann in seinem eigenen Himmel sein muss, um glücklich zu sein."

„Völlig richtig", sagt er. „Hast du dir eingebildet, es gäbe ein und denselben Himmel für alle Menschen aus allen möglichen Welten?"

„Na ja, irgendwie dachte ich das schon – aber ich sehe ein, dass ich es wohl nicht richtig bedacht habe. Wenn ich jetzt zu meinem Bezirk möchte, in welche Richtung muss ich dann gehen?"

Er ruft den Mitarbeiter, der die Karte studiert hatte. Der gibt mir ein paar allgemeine Anweisungen. Ich danke ihm und will los. Aber er sagt:

„Moment, wo willst du hin? Es sind Millionen von Meilen von hier. Geh einfach nach draußen und stell dich da auf den roten Wunschteppich. Dann schließ die Augen, halt den Atem an und wünsch dich dorthin."

„Ich bin Ihnen zu großem Dank verpflichtet", sag ich, „aber warum haben Sie mich nicht gleich bei meiner Ankunft durchgeschleust?"

„Wir haben hier viel zu tun und zu bedenken. Du musstest schon von selbst darauf kommen. Auf Wiedersehen. Wir werden dich in dieser Region wahrscheinlich erst in tausend Jahrhunderten oder so vielleicht mal wiedersehen."

„Na denn, au revoir."

Ich hüpfe auf den Teppich, halte den Atem an, schließe die Augen und wünsche im Buchungsbüro meiner eigenen Abteilung zu sein. Schon im nächsten Augenblick dringt eine geschäftige Stimme an mein Ohr, die mir sehr bekannt vorkommt:

„Eine Harfe und ein Gesangbuch, ein Paar Flügel und ein Heiligenschein in Größe 13, für Käpt'n Eli Stormfield aus San Francisco. Gebt ihm seine Bescheinigungen und lasst ihn rein."

Ich öffnete meine Augen. Na klar, es war ein Pi Ute-Indianer, den ich aus dem Tulare County kannte. Ein ganz famoser Bursche. Ich erinnerte mich, dass ich bei seiner Beerdigung war. Er wurde verbrannt, und die anderen Indianer rieben sich seine Asche in ihre Gesichter und heulten wie Wildkatzen. Er war ziemlich froh, mich zu sehen, und man kann sich vorstellen, dass ich genauso froh war, ihn zu sehen. Denn jetzt fühlte ich mich endlich im richtigen Himmel.

So weit das Auge reichte, gab es Schwärme von Beamten, die hierhin und dahin liefen und tausenden Yankees und Mexikanern, Engländern und Arabern und Leuten aus allen möglichen anderen Ländern halfen, mit ihren neuen Ausrüstungen zurechtzukommen. Als sie mir meine gaben und ich meinen Heiligenschein anzog, und als ich einen Blick in den Spiegel warf, hätte ich vor Freude an die Decke springen können. Ich war richtig glücklich.

„Das ist doch mal was!", sagte ich zu mir.

Dann drehte ich mich um und sagte: „Jetzt geht es mir gut – wo ist meine Wolke?"

Innerhalb von fünfzehn Minuten hatte ich schon eine Meile auf dem Weg zu den Wolkenbänken zurückgelegt, und mit mir waren etwa eine Million anderer Menschen unterwegs. Wie die anderen auch alle, wollte ich versuchen zu fliegen. Aber ich sah einige, die gleich verunglückten, und dass keiner so richtig von der Stelle kam. Also beschloss ich, es vorerst zu lassen, bis ich mal ein Flügeltraining hatte.

Dann kam uns plötzlich eine Menge von Leuten entgegen. Einige hatten Harfen in den Händen und sonst nichts anderes. Einige nur Hymnenbücher und einige hatten gar nichts. Alle wirkten kleinlaut und sahen aus, als sei ihnen unbehaglich zumute. Einen jungen Mann sah ich, der hatte nichts anderes übrig als seinen Heiligenschein, und den trug er in der Hand. Aus heiterem Himmel bot er mir den an und sagte: „Kannst du den mal für 'ne Minute halten?"

Danach verschwand in der Menge.

Ich ging einfach weiter. Dann bat mich eine Frau,

ihren Palmenzweig zu halten, und verschwand auch. Ein Mädchen brachte mich dazu, ihre Harfe zu nehmen und, bei Gott, weg war sie und so weiter und so fort, bis ich mit Gegenständen, die ich bewachen sollte, vollbeladen war. Dann kam auch noch ein alter Herr und bat mich lächelnd, seine Sachen zu halten – nur eine Minute. Ich wischte mir erst mal den Schweiß von der Stirn und sagte dann ziemlich bissig:

„Tut mir verdammt leid, mein Freund, aber ich bin kein Hutständer."

Kurz darauf sah ich überall auf der Straße große Haufen von dem ganzen Zeug herumliegen. Auf denen habe ich dann auch meine zusätzliche Ladung stillschweigend entsorgt. Dabei schaute ich mich um, und weißt du was? Hinter mir, die Leute waren genauso beladen. Die Rückkehrer hatten uns alle dazu gebracht, ihre Sachen aufzubewahren. Für 'ne Minute. Aber dann waren sie weg. Die anderen packten ihre zusätzlichen Sachen nun auch auf die Haufen, und zusammen gingen wir weiter.

Als ich dann auf meiner Wolke war, dachte ich, dass ich mich noch nie in meinem Leben so gut gefühlt habe, auch wenn mit mir noch ungefähr eine Million andere Menschen da sind. Das jetzt war versprochen worden. Ich hatte ja meine Zweifel gehabt, aber jetzt war ich ganz sicher im Himmel.

Ich wedelte ein- oder zweimal schwungvoll mit meinem Glücksbringer, dem Palmenzweig, stimmte meine Harfe und schlug in die Saiten.

Den Lärm all der Harfe spielenden Engel kannst du dir nicht vorstellen. Er ließ den ganzen Körper vibrieren. Es war großartig. Allerdings wurden viele Melodien auf einmal gespielt, was ein Nachteil für die Harmonie war, weißt du. Dazu kam, dass da eine Menge Indianerstämme waren, die ein solch mächtiges Kriegsgeheul anstimmten, dass alle irgendwie aus dem Takt gerieten.

Nach einer Weile dachte ich, es wäre ganz gut, ich würde mich mal ausruhen, und hörte auf zu spielen. Ich setzte mich neben einen freundlich wirkenden älteren Herrn, der untätig herumsaß, und ermutigte ihn zu spielen. Aber er sagte, er sei von Natur aus schüchtern und fürchte sich, vor so vielen Leuten zu spielen. Außerdem habe er den Eindruck, die Musik irgendwie sowieso nicht genießen zu können.

Ich fand, dass er recht hatte, denn mir ging es gerade genauso, aber ich sagte nichts. Wir verharrten dann eine ziemliche Zeit in Stille, die aber natürlich dort nicht wahrnehmbar war. Dann spielte und sang ich wieder ab und zu ein wenig. So etwa sechzehn oder siebzehn Stunden – immer die gleiche Melodie, weil ich keine andere kannte. Als ich meine Harfe wieder zur Seite legte, seufzten wir beide

in regelmäßigen Abständen. Schließlich sagte er:
„Kennst du keine andere Melodie als die, die du den ganzen Tag lang spielst?"

„Keine gesegnete", sag ich.

„Meinst du nicht, du könntest noch eine andere lernen?", fragt er.

„Niemals", sag ich, „Ich habe es versucht, aber ich schaffe es nicht."

„Weißt du", sagt er, „die Zeit wird sehr lang werden, wenn man sich nur an eine einzige Melodie klammert – genau gesagt: eine Ewigkeit."

„Oh Mann, mach es mir doch nicht so schwer", sag ich, „ich bin schon niedergeschlagen genug deswegen."

Nachdem wir wieder längere Zeit still waren, fragt er:

„Bist du froh, hier zu sein?"

Ich sag: „Mein Lieber, wenn ich ehrlich sein soll, entspricht das hier nicht gerade der Glückseligkeit, die ich mir früher in der Kirche so vorgestellt habe."

„Was hältst du davon", sagt er, „wenn du dir einen halben Tag freinimmst?"

„Gute Idee", sag ich. „Ich habe mich in meinem ganzen Leben noch nie so sehr nach Freizeit gesehnt wie jetzt."

Wir machen also frei und beobachten Millionen Neuankömmlinge, die fröhlich und Hosianna singend zur Wolkenbank kommen. Andere, auch Millionen, verlassen sie aber die ganze Zeit, und die sind ziemlich still, sag ich dir. Wir machen uns an die Neuen ran, und denen sage ich, sie mögen bitte mal 'ne Minute auf meine Sachen achten.

Dann verschwand ich und war wieder ein freier Mann und unheimlich glücklich. Plötzlich lief mir der alte Sam Bartlett über den Weg, der schon lange tot war. Ich blieb stehen, um mit ihm zu reden und frag:

„Du bist ja schon länger hier, und ich würde gern wissen wollen, ob das ewig so weiter geht. Oder gibt es auch mal so etwas wie Abwechslung?"

„Ich will dir mal was sagen", antwortet er, „die Menschen nehmen die bildliche Sprache der Bibel und die Allegorien wörtlich. Kaum, dass sie hier angekommen sind, fragen sie als Erstes nach einem Heiligenschein und einer Harfe. Und das ganze andere Zeug. Und hier ist das so, dass jeder seine Wünsche äußern kann, und die werden, solange sie rechtschaffen und vernünftig sind und im rechten Geist vorgetragen werden, auch erfüllt. Also kriegen sie den ganzen Kram ohne Probleme. Dann gehen sie hin und singen und spielen. Aber nur einen Tag lang. Danach sieht man sie nie wieder in diesem Chor. Denen muss dann keiner mehr sagen, dass diese Art von Beschäftigung nicht das ist, was man sich unter dem Himmel vorgestellt hat – keine jedenfalls, die ein vernünftiger Mensch eine Woche lang aushalten und dabei gesund bleiben könnte. Die Wolkenbank ist übrigens dort platziert, wo der Lärm die anderen Bewohner nicht stört, und so schadet es auch nicht, wenn man die Neuen hinaufgehen und sie dort, kurz nachdem sie angekommen sind, singen und spielen lässt. Danach sind sie dann geheilt."

Er macht eine kleine Pause, um zu sehen, ob ich mitkomme, und fährt dann fort:

"Ich möchte dich noch auf Folgendes hinweisen: Der Himmel ist so selig und lieblich, wie er nur sein kann. Aber er ist auch der geschäftigste Ort, von dem du je gehört hast. Nach den ersten Tagen gibt es hier keine Leute mehr, die nichts tun. Sie wissen, dass Hymnen zu singen und in alle Ewigkeit mit Palmenzweigen zu wedeln ja ganz nett sein mag, wenn es von der Kanzel gepredigt wird. Aber es ist auch eine armselige Art, seine wertvolle Zeit zu vergeuden. Der Himmel würde nur aus trällernden Idioten bestehen. Verstehst du? Ewige Ruhe klingt nur von der Kanzel behaglich. Aber wenn du da mitten drin stehst, merkst du, wie quälend langsam dir die Zeit vergeht. Einer wie du, Stormfield, einer, der sein ganzes Leben lang rührig und aktiv war, würde in sechs Monaten in einem Himmel, in dem er nichts zu tun hätte, verrückt werden. Der Himmel ist, da schließe ich jede Wette ab, so ziemlich der allerletzte Ort, an dem man zur Ruhe kommt."

„Sam", sag ich, „wie froh bin ich, das zu hören. Ich dachte schon, ich würde hier unglücklich werden. Aber jetzt freue ich mich, dass ich hergekommen bin."

„Käpt'n", fragt er, „bist du eigentlich nicht ziemlich müde?"

„Sam, ich kann dir gar nicht sagen wie sehr. Ja, ich bin hundemüde."

„Ist doch klar. Du hast dir deinen Schlaf verdient, und du sollst ihn bekommen. Du hast dir auch ein gutes Abendessen verdient, und auch das wirst du bekommen. Das Leben hier ist wie auf der Erde. Du musst dir alles erarbeiten – anständig und ehrlich –, bevor du es genießen kannst. Du kannst nicht zuerst genießen und erst danach etwas tun, um es dir zu verdienen. Aber es gibt hier diesen feinen Unterschied: Hier kannst du selbst auswählen, was du tust, und alle Kräfte des Himmels werden sich entfalten, um dir zu helfen. Du wirst erfolgreich sein, wenn du deine Sache gut machst. Der Schuster von der Erde, der die Seele eines Dichters in sich trägt, braucht hier keine Schuhe zu besohlen."

„Nun, das hört sich alles vernünftig an", sag ich. „Viel Arbeit und eine Tätigkeit, nach der man sich sehnt; keine Schmerzen mehr, kein Leiden ..."

„Nee, nee, Schmerzen gibt's schon noch, sogar

ziemlich viele – aber sie töten nicht. Es gibt auch eine Menge Leid – aber es dauert nicht lange. Du musst wissen, Glück ist kein Ding an sich – es ist nur der Kontrast von etwas, das nicht angenehm ist. Das ist alles. Es gibt nichts, von dem man sagen kann, dies oder das sei das Glück in sich selbst – es ist nur das Gefühl vom Gegensatz zu dem anderen Kram. Und sobald man das Gefühl bemerkt hat und die Kraft des Kontrasts abgestumpft ist, ist es vorbei und kein Glück mehr. Dann muss man sich wieder was Frisches suchen. Im Himmel gibt es viel Gegensätzliches, woraus konsequent Schmerz und Leid folgt – und damit nimmt das Glück hier einfach kein Ende."

„Mensch Sam", sag ich, „das ist ja der vernünftigste Himmel, von dem ich je gehört habe, und er unterscheidet sich sehr von dem, mit dem ich aufgewachsen bin. Ungefähr so sehr, wie sich eine lebende Prinzessin von ihrer eigenen Wachsfigur im Museum unterscheidet."

In den ersten Monaten habe ich mich dann überall im Himmel herumgetrieben, habe Freundschaften geschlossen und mir das Land angeschaut, bevor ich mich schließlich in einer ziemlich liebenswerten Region niedergelassen habe, um mich auszuruhen und zu überlegen, wie es mit mir weitergehen soll. Während dieser Zeit machte ich viele neue

Bekanntschaften und sammelte alle Informationen, die ich kriegen konnte.

Dabei traf ich einen alten, glatzköpfigen Engel namens Sandy McWilliams. Er stammte von irgendwo in New Jersey.

Mit dem unterhielt ich mich sehr oft. Häufig wanderten wir dabei ziemlich lange Strecken. Oft lagen wir aber auch nur so herum. Im Schatten eines Felsens, auf einem ziemlich hochgelegenen Wiesengrund oder neben dem sumpfigen Matsch seiner Preiselbeeren-Farm. Wir sprachen über alles Mögliche und rauchten Pfeife. Eines Tages frag ich:

„Wie alt bist du eigentlich, Sandy?"

„Zweiundsiebzig."

„Und wie lange bist du schon im Himmel?"

„Siebenundzwanzig Jahre, Weihnachten."

„Und wie alt warst du, als du hochkamst?"

„Warum? Zweiundsiebzig natürlich."

„Das kann nicht dein Ernst sein."

„Wieso nicht?"

„Wenn du zweiundsiebzig warst, bist du jetzt selbstverständlich neunundneunzig Jahre alt."

„Aber ich bin keine neunundneunzig. Ich bleibe in dem Alter, in dem ich war, als ich herkam."

„Nun", sag ich, „das ist etwas, was ich immer schon wissen wollte. Unten hatte ich immer die Vorstellung, dass wir im Himmel alle jung, fröhlich und munter sein würden."

„Nun, du kannst jung sein, wenn du willst. Du musst es dir nur wünschen."

„Wirklich? Warum hast du es dir dann nicht gewünscht?"

„Das habe ich. Das macht jeder. Auch du wirst es eines Tages versuchen, wie alle. Aber du wirst, auch wie alle, bald genug davon haben."

„Warum sollte ich?"

„Okay, ich sag's dir. Du warst immer ein Seemann. Hast du jemals etwas anderes getan?"

„Ja, einmal habe ich versucht, Lebensmittel zu verkaufen. Bei den Bergwerken. Aber ich konnte es nicht aushalten. Es war stinklangweilig – kein Aufruhr, kein Sturm, kein Leben. Mir kam es vor, als wäre ich halb tot und halb lebendig, beides gleichzeitig. Ich wollte aber entweder das eine sein oder das andere. Ich habe den Laden ziemlich schnell geschlossen und bin zur See gefahren."

„Siehst du. Lebensmittel-Leute mögen das. Aber du nicht. Du konntest dich nicht daran gewöhnen. So geht es mir: Ich konnte mich nicht daran gewöhnen, jung zu sein. Ich hatte kein Interesse daran. Ja gut, ich war stark und gutaussehend und hatte lockiges Haar – und lustige kleine Flügel. Wie ein Schmetterling. Ich ging zu Picknicks und Tanzveranstaltungen. Oder mit anderen jungen Leuten auf Partys und blödelte mit den Mädchen herum. Aber es war zwecklos: Ich konnte es nicht ertragen. Tatsache

ist, es war schrecklich langweilig. Was ich möchte, ist, früh ins Bett gehen und früh wieder raus. Und ich will was zu tun haben, und wenn meine Arbeit getan ist, will ich ruhig dasitzen können, rauchen und nachdenken. Und nicht mit einem Pack leichtlebiger junger Leute rumdüsen. Du kannst dir nicht vorstellen, wie ich gelitten habe, als ich jung war."
„Wie lange warst du denn jung?"
„Nur zwei Wochen. Das hat mir gereicht. Weiß du, ich war so einsam. Ich hatte das Wissen und die Erfahrung von zweiundsiebzig Jahren. Das tiefsinnigste Thema, über das diese jungen Leute sprechen konnten, war für mich nur wie das Kleine Einmaleins. Und wenn die anfingen zu streiten — oh, mein Gott! Es war fast lustig zuzuhören, wenn es nicht so erbärmlich gewesen wäre. Nun, ich sehnte mich so sehr nach den sachlichen Gesprächen, an die ich gewöhnt war, dass ich versucht habe, wieder bei den alten Leuten reinzukommen. Aber die wollten nicht. Die hielten mich für einen arroganten jungen Schnösel und zeigten mir die kalte Schulter. Ich fand, zwei Wochen waren mehr als genug und war froh, als ich meinen kahlen Kopf und meine Pfeife zurückhatte und ich meine alten schläfrigen Betrachtungen im Schatten eines Felsens oder eines Baums wieder aufnehmen konnte."
„Okay", sag ich, „aber willst du damit sagen, dass du für immer bei zweiundsiebzig bleiben wirst?"

„Ich weiß es nicht. Ich bin nicht sicher. Aber ich werde bestimmt nicht mehr auf fünfundzwanzig zurückgehen – das weiß ich sehr genau. Ich weiß einiges mehr als vor siebenundzwanzig Jahren und ich genieße es, ständig zu lernen. Es scheint, dass ich nicht älter werden würde. Aber das ist nur körperlich – mein Verstand wird älter, weiser und erfahrener und das beruhigt mich sehr."

Ich sag: „Wenn ein Mann mit neunzig Jahren hierher kommt, setzt er sich dann nicht doch zurück?"

„Natürlich tut er das. Auf vierzehn. Das versucht er ein paar Stunden und fühlt sich dabei wie ein Hofnarr, geht dann auf zwanzig vor, aber ohne große Besserung, versucht es mit dreißig, fünfzig, achtzig. Wenn er schließlich wieder bei neunzig anlangt, fühlt er sich behaglich, als wäre er nach Hause zurückgekommen. Dieselbe alte Erscheinung, an die er gewöhnt ist. Natürlich, wenn sein Verstand auf Erden mit achtzig anfing abzunehmen, entscheidet er sich hier oben für achtzig. Er nimmt das Alter, bei dem sein Verstand zuletzt am besten war, denn dort fühlt er sich am wohlsten.

„Bleibt ein Mann von fünfundzwanzig immer fünfundzwanzig, und sieht immer so aus?"

„Wenn er ein Narr ist, ja. Aber wenn er klug, ehrgeizig und fleißig ist, sich Wissen erwirbt und bedeutsame Erfahrungen macht, ändert er sein Verhalten, seine Auffassungen und Vorlieben, und sein

größtes Vergnügen findet er dann in der Gesellschaft von Menschen in diesem entsprechenden Alter. So nimmt er viele zusätzliche Jahre an, die er benötigt, um sich dort bequem einzurichten. Um es ordentlich zu machen, lässt er seinen Körper altern, und wie er im Innen weise und geistreich wird, erscheint er im Außen zunehmend kahl und faltig."
„Ist das mit Babys das Gleiche?"
„Mit Babys ist es das Gleiche. Was waren wir doch in diesen Dingen für Idioten auf Erden. Sagten, dass wir im Himmel immer jung sein würden. Wir haben nicht gesagt, wie jung. So weit haben wir gar nicht gedacht, beziehungsweise haben wir sowieso nicht alle dasselbe gedacht. Als ich ein siebenjähriger Junge war, dachte ich wohl, dass wir alle im Himmel zwölf Jahre alt sein würden. Mit zwölf dann, vielleicht wären alle achtzehn oder zwanzig im Himmel. Mit vierzig fing ich an zurückzugehen. Ich erinnere mich, dass ich hoffte, wir würden alle ungefähr dreißig Jahre alt sein. Kein Mensch denkt jemals, das Alter, das er hat, sei genau das beste. Er setzt voraus, das richtige Alter sei ein paar Jahre älter oder ein paar Jahre jünger als das, was er gerade hat. Gleichzeitig denkt er sich dieses ideale Alter als allgemeines Alter himmlischer Menschen. Und glaubt natürlich, alle anderen sehen das genau so. Außerdem, denke bloß mal an die Vorstellung, im Himmel stünde das Alter still.

Stell dir mal einen Himmel vor, der ausschließlich aus herumtobenden, Murmel spielenden Gören von sieben Jahren zusammengesetzt ist. Oder von unbeholfenen, schüchternen und sentimentalen heranwachsenden Neunzehnjährigen. Oder von energischen Dreißigjährigen. Gesunde Menschen voller Ehrgeiz, die aber mit Händen und Füßen, wie hilflose Galeerensklaven, an dieses eine Alter mit seinen Grenzen gekettet sind. Denke an die Monotonie einer Gesellschaft, die aus Menschen einer Altersstufe, mit gleichem Aussehen und denselben Gewohnheiten, Geschmäckern und Gefühlen besteht. Wie überlegen die Erde doch ist mit ihrer Vielfalt an Typen, Gesichtern, den Altersgruppen und den belebenden Unterschieden der unzähligen Interessen, die in einer so vielfältigen Gesellschaft in eine angenehme Gegensätzlichkeit geraten."

„Weißt du eigentlich", frag ich, „was du da sagst?"

„Nun, was meinst du? Was sage ich denn?"

„Auf eine Art beschreibst du den Himmel ziemlich angenehm, richtest damit aber auf eine andere Weise Unheil an."

„Wie meinst du das?"

„Nun," sag ich, „nimm mal eine junge Mutter, die ihr Kind verloren hat, und ..."

„Pst!" sagt er. „Guck mal!"

Er zeigt auf eine Frau im mittleren Alter.

46

Gräuliches Haar. Sie geht langsam, mit nach vorn gebeugtem Kopf. Ihre Flügel hängen schlaff nach unten. Sie sieht müde aus und sie weint, das arme Ding. Sie geht an uns vorbei, mit dem Kopf nach unten, und die Tränen laufen ihr übers Gesicht. Sie sieht uns nicht an. Dann sagt Sandy leise, sanft und voller Mitleid:

„Sie sucht ihr Kind. Nein, ich glaube, sie hat es gefunden. Mein Gott, wie sie sich verändert hat. Aber ich erkannte sie sofort, obwohl es siebenundzwanzig Jahre her ist, seit ich sie gesehen habe. Eine junge Mutter war sie damals. Etwa zweiundzwanzig oder vierundzwanzig Jahre alt. Blühend und lieblich. Wie eine Blume. Und ihr ganzes Herz, ihre ganze Seele war erfüllt von ihrem Kind. Ihrem kleinen Mädchen. Zwei Jahre alt. Und dann starb es. Sie geriet außer sich vor Kummer, total außer sich.

Der einzige Trost, den sie hatte, war der, dass sie ihr Kind im Himmel wiedersehen würde. ‚Für immer', sagte sie. Sie sagte es immer und immer wieder. Dann würden sie sich nie mehr trennen. Und diese Vorstellung machte sie glücklich.

Ja, wirklich. Als ich vor siebenundzwanzig Jahren im Sterben lag, sagte sie mir, ich solle als Erstes ihr Kind finden und ihm sagen, dass sie auch bald kommen würde – sehr bald. Das jedenfalls hoffte und glaubte sie."

Sandy sagt eine Weile nichts, aber er sitzt da, schaut auf den Boden und grübelt. Dann sagt er, irgendwie traurig:

„Und jetzt ist sie gekommen."

„Und? Erzähl weiter."

„Stormfield, vielleicht hat sie das Kind nicht gefunden. Aber ich denke, sie hat. Sieht jedenfalls so aus. Ich habe solche Fälle schon vorher gesehen. Weißt du, sie hat das Kind in ihrem Kopf behalten. Wie es war, als sie es in ihren Armen hatte, ein kleines pausbäckiges Ding. Aber das kleine Mädchen wollte hier kein Kind bleiben. Nein, es hat sich entschieden, erwachsen zu werden, was es auch tat. Und in diesen siebenundzwanzig Jahren hat es all die umfangreichen wissenschaftlichen Kenntnisse erlernt, die es zu erlernen gibt. Hat studiert und studiert und gelernt und gelernt und sich die ganze Zeit einen Dreck um irgendetwas anderes gekümmert. Nur gelernt und gigantische Probleme mit Menschen diskutiert, die genau so sind."

„Und?"

„Stormfield, verstehst du nicht? Ihre Mutter kennt sich mit Preiselbeeren aus und weiß, wie man sie pflanzt und pflückt, wie man sie behandelt und vermarktet. Nichts anderes. Sie und ihre Tochter haben jetzt nicht viel mehr gemeinsam als es eine Schlammschildkröte mit einem Paradiesvogel hat. Das arme Ding war auf der Suche nach einem Baby, das es in den Armen wiegen konnte. Ich glaube, die Frau ist zutiefst enttäuscht."

„Was werden sie tun — für immer unglücklich bleiben im Himmel?"

„Nein, sie werden sich nach und nach daran gewöhnen. Aber nicht dieses Jahr und nicht das nächste. Nach und nach."

Kapitel 2

Ich habe erhebliche Probleme mit meinen Flügeln, sag ich dir. Eines Tages machte ich zwei kleine Spritztouren mit ihnen. Aber es lief nicht gut. Zuerst prallte ich nach dreißig Metern auf einen Typen aus Irland und brachte ihn zu Fall. Besser gesagt, brachte uns beide zu Fall. Als nächstes kegelte ich einen Bischof um. Wir wechselten 'n paar unschöne Worte und ich fühlte mich ziemlich schäbig, mit einem so alten Kerl zu kollidieren und dafür von einer Million höhnisch lächelnder Leute begafft zu werden. Ich hatte den Drehmoment der Lenkung nicht verstanden, muss ich zugeben, und konnte deshalb nicht genau sagen, in welche Richtung ich mich nach dem Start wenden würde.

Den Rest des Tages ging ich lieber wieder zu Fuß und ließ die Flügel zu Hause. Am nächsten Morgen, in aller Herrgottsfrühe, ging ich dann an einen abgelegenen Ort, um dort ungestört etwas zu üben. Ich startete von einem ziemlich hohen Felsen und kam gut weg. Beim Runtersegeln peilte ich einen Busch an, der etwas über dreihundert Meter entfernt war. Aber ich konnte den Wind, der quer von achtern kam, nicht richtig berechnen und merkte, dass ich mitten auf den Busch kommen würde. Also nahm ich an Steuerbord Fahrt raus und steuerte den Backbordflügel hoch in den Wind. Aber der Flügel zog nicht an, und ich rauschte genau auf den Busch zu. Also fiel ich auch auf Backbord ab und landete ganz okay. Ich ging nochmal zum Felsen zurück und peilte wieder den Busch an. Diesmal war ich an Steuerbord ziemlich hoch rangegangen, fast im Gegenwind. Das hatte ich gut hinbekommen und war ziemlich schnell unten. Aber ich muss sagen, die Flügel sind irgendwie eine Fehlkonstruktion. Ich kann ziemlich dicht am Wind segeln, aber nicht im Wind. Wenn ich irgendwo hin will, muss ich, wenn der Wind von vorne kommt, erst mal abwarten. Vielleicht Tage. In einem Sturm taugen die Flügel überhaupt nichts. Wenn du vor den Wind kommst, würdest du ein Chaos anrichten, denn es gibt keine Möglichkeit, die Segelfläche zu verändern. Reffen der Flügel ist nicht möglich.

Du musst das verstehen: Sie bleiben ja an einem dran. Okay, man kann seine Federn flach an die Seiten anlegen, aber dann würde man landen. Man könnte sich natürlich in den Wind legen, was das Beste wäre: Mit dem Kopf voran. Aber das ist ziemlich schwer hinzukriegen. Harte Arbeit.

Ich schätze, es war ungefähr ein paar Tage später, als ich dem alten Sandy McWilliams eine Notiz zukommen ließ – es war ein Dienstag – und ihn bat, vorbeizukommen. Er solle sein Manna und seine Wachteln am nächsten Tag mit mir zusammen einnehmen. Das erste, was er tut, als er eintritt, ist, wissend mit einem Auge zu zwinkern und zu fragen:

„Nun, Käpt'n, was hast du mit deinen Flügeln gemacht?"

Ich merke sofort, dass der Lump die Frage sarkastisch meint, aber lasse mir nichts anmerken und sage:

„Zum Waschen gegeben."

„Aha", bemerkt er trocken, „sie müssen meistens – ungefähr um diese Zeit – in die Wäsche, habe ich bemerkt. Saubere Flügel geben vollen Speed und sehen sehr schön aus. Wann erwartest du sie zurück?"

„Übermorgen, übermorgen."

Er zwinkert mir wieder zu und lächelt.

Ich sag: „Sandy, raus damit. Komm – keine Geheimnisse unter Freunden. Du trägst nie Flügel, und viele andere habe ich gesehen, die das auch nicht tun. Habe ich mich etwa zum Affen gemacht – ist es das?"

„Na ja, das trifft es schon ungefähr. Aber das macht nichts. Wir fallen alle zuerst drauf rein. Das ist ganz normal. Auf Erden haben wir diese dummen Vorstellungen davon gehabt, wie die Dinge hier oben laufen. Auf den Bildern haben Engel immer Flügel. Das ist auch in Ordnung so. Aber daraus haben wir hergeleitet, sie würden damit auch fliegen. Und das ist Quatsch. Die Flügel sind für uns nichts anderes als eine Art Uniform. Das ist alles. Wir tragen sie nur, wenn wir im Einsatz sind. Man sieht nie einen Engel, der mit einer Botschaft irgendwo hin unterwegs ist, ohne seine Flügel. Genauso wenig wie man einen Offizier des Militärs sehen würde, der einem Kriegsgericht vorsteht, ohne dass er dabei eine Uniform trägt. Oder einen Briefträger, der Briefe ausliefert. Du wirst auch keinen Polizisten sehen, der in Zivilkleidung seinen Dienst ausübt. Die Flügel hier oben – sie sind nicht zum Fliegen da! Sie dienen nur der Show, nicht dem Gebrauch. Alte erfahrene Engel machen es wie die Offiziere der regulären Armee und kleiden sich zivil, wenn sie außer Dienst sind. Neue Engel sind wie die Leute von der Miliz, die niemals die Uniform ablegen und immer aufgeregt mit den Flügeln schlagen. Sie flattern hierin und dahin und eigentlich überall hin, stoßen Leute um und sind immer drauf aus, bewundernde Blicke auf sich zu ziehen. Die denken schlicht, sie wären die allerbedeutendsten Menschen hier im Himmel. Wenn du einen herumsegeln siehst, einen Flügel nach oben gekippt und den anderen nach unten, kannst du davon ausgehen, dass er gerade in etwa denkt: ‚Ich wünschte, Mary Ann in Arkansas könnte mich jetzt sehen. Ich schätze, sie wünschte, sie hätte nicht Schluss gemacht.' Nein, die Flügel dienen nur der Show. Das ist alles – nur zur Show."

„Na, wenn das so ist, dann habe ich in der Tat ..."

„Sieh dich doch an", unterbricht er. „Du bist nicht für Flügel gebaut – kein Mensch ist es. Du weißt, wie viele Jahre es dauert, von der Erde hierher zu kommen – und dabei warst du schneller unterwegs als jede Kanonenkugel es sein kann. Angenommen, du müsstest diese Strecke mit Flügeln zurücklegen – wäre die Ewigkeit nicht längst vorbei, wenn du endlich hier ankommst? Bestimmt. Es ist so: Engel gehen jeden Tag auf die Erde. Millionen von ihnen. Jeden Tag. Um sterbenden Kindern und guten Menschen zu erscheinen. Weißt du – die Visionen, die sie vermitteln, sind der wichtigste Teil ihrer Arbeit. Weil sie im Dienst sind, treten sie natürlich mit ihren Flügeln auf. Die Sterbenden würden obendrein nicht wissen, dass sie Engel sind, wenn sie keine tragen würden. Aber glaube nicht im Ernst, sie würden damit fliegen. Es ist offensichtlich, dass sie das nicht tun. Die Flügel würden auf halben Wege abgenutzt sein. Sogar die nachwachsenden Federn wären weg, und die Flügelknochen wären so kahl wie das Grundgerüst eines Flugdrachens, bevor man das Papier draufklebt. Die Entfernungen hier sind gewaltig und Engel reisen jeden Tag durch den Himmel. Das tun sie nicht mit ihren Flügeln. Nein, in der Tat tragen sie die Flügel nur, weil sie zu ihrer Aufmachung gehören. Sie bewegen sich auf ihren Wegen natürlich durch Wünschen. Das ist die schnellste Möglichkeit. Der Wunschteppich aus Tausendundeiner Nacht ist eine vernünftige Idee – aber unsere irdische Vorstellung von Engeln, die diese schrecklichen Entfernungen hier mit ihren ungeschickten Flügeln zurücklegen, ist töricht."

Sandy räuspert sich und schaut mich an, um zu prüfen, ob ich mitkomme mit dem, was er sagt. Er scheint zufrieden zu sein und fährt fort:

„Unsere jungen Heiligen beiderlei Geschlechts tragen leuchtend rote, blaue und grüne, goldene, bunte, regenbogenfarbene, und gestreifte Flügel und niemand stört sich daran. Ein herrlicher Anblick und bestens geeignet dafür, die Leute in ihren Bann zu ziehen. Die Flügel sind der auffälligste und schönste Teil des Outfits der Engel – der Heiligenschein ist nichts dagegen."

„Nun, okay, ich kann's ja sagen", gestehe ich, „ich habe meine im Schrank versteckt, und ich lasse sie dort liegen, bis ich sie mal wieder benötige."

„Sehr gut – vielleicht heute zum Empfang beispielsweise."

„Empfang. Was für 'n Empfang?"

„Heute Nacht kannst du einen erleben, wenn du willst. Ein Barkeeper aus Jersey City wird empfangen."

„Ja? Erzähl."

„In New York gab es neulich ein Treffen des Priesters Moody und des Gospelsängers Sankey. Du weißt, diese beiden Eiferer mit ihrer Mission des bedingungslosen Glaubens, ohne den es keine Vergebung der Sünden geben wird. Dieser Barkeeper konvertierte bei diesem Treffen zur Moody-und Sankey-Gemeinde und fuhr anschließend mit der Fähre nach Hause. Dabei kam es zur Kollision mit einem anderen Schiff. Der Barkeeper fiel über Bord und ertrank. Seit dem Treffen glaubt er, dass der ganze Himmel vor Freude ausrasten wird, wenn einer wie er nach solch einem Unglück hier ankommt. Er denkt sich, dass alle Engel ihn Hosianna singend willkommen heißen, und dass es nichts gäbe, worüber an diesem Tag in den Himmeln der Seligen mehr geredet wird als über seine Ankunft. Dieser Barkeeper denkt, es habe hier in den letzten Jahren nicht mehr so viel Aufregung gegeben wie jetzt, wenn er hier ankommt. Ich habe im Übrigen diese Eigenart bei Barkeepern immer bemerkt: Die erwarten nicht nur, dass sich alle zu ihrer Ankunft versammeln, sondern auch, dass sie mit einer Fackelprozession empfangen werden."

„Da wird dann wohl einer ziemlich enttäuscht sein heute, vermute ich."

„Nein, wird er nicht. Hier wird keiner enttäuscht. Was auch immer er will, wenn er kommt – das heißt, jede vernünftige unverschämte Sache, wenn sie nicht unheilig ist – kann er kriegen. Es gibt immer ein paar Millionen oder Milliarden von jungen Leuten, für die es nichts Besseres zu geben scheint, als mit ihren Fackeln auszuschwärmen und sich mit einem Barkeeper zu vergnügen. Der kann sich amüsieren bis er schlapp macht, und für die jungen Leute ist es ein köstlich harmloser Unfug. Es schadet niemandem, es kostet nichts und erfüllt das Gebot, alle Anwesenden glücklich und zufrieden zu machen".

„Okay. Das schau ich mir an."

„Es gehört sich aber, in voller Montur zu gehen. Du wirst deine Flügel tragen müssen und auch all die anderen Sachen."

„Welche anderen Sachen?"

„Na, Heiligenschein, Harfe und Palmenzweig und all das."

„Nun", sag ich, „ich muss dir noch was anderes beichten, und ich schäme mich dafür. Am Tag, an dem ich den Chor verließ, habe ich da, bis auf die Flügel, alles liegengelassen. Außer diesem Gewand habe ich auch nichts anderes zum Anziehen."

„Ach, kein Problem. Es ist alles für dich sichergestellt

und aufgehoben worden. Lass dir die Sachen einfach nachschicken."

„Okay, wenn das geht. Aber, Sandy, was meintest du vorhin mit den ‚unheiligen Dingen', die sich die Leute wünschen, aber nicht bekommen würden?"

„Oh, davon, was die Leute erwarten und nicht bekommen, gibt es eine Menge. Zum Beispiel wird Talmage, dieser ignorante Prediger aus Brooklyn, böse enttäuscht sein, wenn er hier ankommt. In seinen Predigten sagt er immer, das Erste, was er tun werde, wenn er in den Himmel komme, bestünde darin, Abraham, Isaak und Jakob zu umarmen, sie zu küssen und mit ihnen zu weinen."

„Was?"

„Ja, es gibt Millionen von Menschen auf Erden, du glaubst es nicht, die sich dasselbe wünschen. Jeden Tag kommen hier bis zu sechzigtausend Menschen an, die direkt zu Abraham, Isaak und Jakob rennen wollen, um sie zu umarmen und mit ihnen zu weinen. Sechzigtausend pro Tag wären allerdings 'ne ziemliche Belastung für diese alten Leute. Die müssten verrückt sein, sich darauf einzulassen. Dann hätten sie nämlich Jahr für Jahr nichts anderes zu tun, als an jedem 24-Stunden-Tag ungefähr zweiunddreißig Stunden umarmt zu werden und mit den Leuten zu weinen. Sie wären nicht nur völlig erschöpft davon, sondern nass wie Bisamratten. Der Himmel wäre für sie dann nichts anderes als ein Ort, von dem sie sich nichts sehnlicher wünschen würden, als wegzukommen. Diese Leute sind freundliche alte Juden. Aber davon, sich für den emotionalen Höhepunkt der Menschen aus Brooklyn küssen zu lassen, sind sie genauso wenig begeistert wie du es wärest. Denk an meine Worte: Talmages liebevolles Kosen wird mit Dank abgelehnt werden. Es gibt Grenzen für Privilegien, selbst für die Auserwählten im Himmel. Würde Adam sich jedem Neuankömmling zeigen, der ihn anrufen und anschauen und von ihm ein Autogramm haben wollte, hätte er niemals Zeit, irgendetwas anderes zu tun als das. Talmage hat gesagt, dass er auch Adam ebenso wie Abraham, Isaak und Jakob seine Aufwartung machen werde. Aber er wird seine Vorstellungen darüber ändern müssen."

„Glaubst du denn, dass Talmage wirklich hierher kommen wird?"

„Ja, aber er wird unter seinesgleichen bleiben. Es gibt eine Menge Leute wie ihn. Das ist der große Charme des Himmels: Es gibt hier alles Mögliche. Das wäre nicht der Fall, wenn man es die Prediger schon unten erzählen lassen würde. Jeder findet hier die Leute, mit denen er bevorzugt Umgang haben möchte und lässt die anderen einfach in Ruhe. Und die lassen ihn in Ruhe. Als die Götter den Himmel gebaut haben, geschah es nach einem Plan für liberalen Umgang miteinander."

Nach einer Weile lässt Sandy sich seine Sachen bringen und ich mir meine. Gegen neun Uhr abends beginnen wir uns umzuziehen und Sandy sagt:

„Das wird großartig werden für dich, Stormy. Auch wenn keiner der Patriarchen erscheinen sollte."

„Ja, aber sie könnten kommen, oder?"

„Als ob ich das wüsste. Sie leben ziemlich exklusiv und zeigen sich selten der breiten Öffentlichkeit. Ich glaube, dass sie nur für einen Konvertiten der letzten Stunde kommen. Sie mögen es wahrscheinlich auch dann nicht, aber die traditionellen irdischen Vorstellungen machen eine große Show bei solchen Anlässen notwendig."

„Kommen sie denn da alle, Sandy?"

„Wer? Alle Patriarchen? Oh, nein – fast nie mehr als ein paar von ihnen. Du wirst hier fünfzigtausend und mehr Jahre sein, bevor du einen Blick auf alle Patriarchen und Propheten erhaschen kannst. Seitdem ich hier bin, habe ich Hiob einmal in Aktion gesehen, und einmal Ham und Jeremia zur selben Zeit. Aber das Schönste, was mir in meiner Zeit passiert ist, war vor etwa einem Jahr: Das war der Empfang von Charles Peace, dem Bannercross-Mörder. Ein Engländer. Es waren damals vier Patriarchen und zwei Propheten auf der Tribüne – so etwas gab es seit dem englischen Piraten, Kapitän Kidd, nicht mehr. Abel war da – das erste Mal seit zwölfhundert Jahren. Einem Gerücht zufolge sollte auch Adam kommen, was allein dazu führte, eine gigantische Menschenmenge zusammenzubringen. Es gibt niemanden, der so zieht wie Adam. Aber er kam nicht, und so werde ich wohl noch lange warten müssen, ihn zu sehen.

Der Empfang fand natürlich in der englischen Abteilung statt. Sie liegt achthundertelf Millionen Meilen entfernt von der New-Jersey-Linie. Ich ging zusammen mit vielen meiner Nachbarn, und man kann wohl sagen, dass es ein Auflauf war, der sich sehen lassen konnte. Es waren Milliarden von Menschen da. Sie kamen aus allen Abteilungen. Ich sah dort Eskimos, Tataren, Afrikaner, Chinesen – Menschen von überall her. So eine Mischung sieht man sonst nur im Großen Chor, in dem man am ersten Tag landet, wenn man hier ankommt. Aber sonst kaum wieder. Der Himmel sah aus, als wenn es Engel schneien würde. Die Lautstärke all der Gesänge und Hosianna-Rufe war gewaltig. Es war großartig. Selbst als die Gesänge aufhörten, waren die Flügelschläge der vielen Engel noch laut genug, dir das Trommelfell platzen zu lassen. Obwohl Adam nicht kam, war es dennoch ein grandioser Empfang, denn es waren drei Erzengel auf der Tribüne. Das ist schon was Besonderes, denn sie kommen nur selten raus, und wenn, dann höchstens mal einer."

„Wie sehen die denn aus, Sandy?"

„Nun, sie haben strahlende Gesichter, leuchtende Gewänder und wunderbare Regenbogenflügel. Sie sind fünfeinhalb Meter groß, tragen Schwerter und haben einen edlen Gesichtsausdruck. Sie sehen aus wie Soldaten."

„Hatten sie Heiligenscheine?"

„Ja, aber nicht die runden. Erzengel und Patriarchen der Oberschicht tragen etwas Feineres als das. Es ist ein blendend heller prächtiger Glanz aus Gold. Man sieht Patriarchen oft auf Bildern auf der Erde mit diesen Dingern. Aber die werden nie richtig dargestellt. Das sieht eher aus, als hätten sie eine Messingplatte über dem Kopf. Davon bekommt man überhaupt keine richtige Vorstellung davon, wie sie wirklich aussehen – viel strahlender und schöner."

„Hast du mal mit Erzengeln und Patriarchen gesprochen, Sandy?"

„Wer, ich? Wo denkst du hin? Wer bin ich denn schon, mit solchen wie denen zu sprechen?"

„Und was ist mit Talmage?"

„Natürlich wird der auch nicht mit ihnen sprechen können. Dich verwirren wohl immer noch die Vorstellungen, die jeder da unten hat. Ging mir genauso, bin aber inzwischen drüber hinweg. Unten reden sie vom himmlischen König. Das ist richtig, aber dann tun sie so, als ob dies hier eine Republik sei und sich alle am selben Platz mit den anderen befinden und jeder das Privileg hat, jeden zu umarmen und mit allen Auserwählten aus allen Schichten gut Freund zu sein. Wie verblendet und absurd ist das? Du kannst doch nicht gleichzeitig eine Republik sein und einen König haben. Wieso kommt man überhaupt auf eine Republik, wenn der Regierungschef seine Position auf Lebenszeit hat und alles bestimmt? Wenn er keinem Parlament oder Rat Rechenschaft schuldet? Wenn es keine Wähler oder Gewählte gibt, niemanden im ganzen Universum, der über irgendetwas abstimmt? Niemanden, der für seine Sache einsteht und keinen, der das tun darf? Eine schöne Republik, nicht wahr?"

„Nun ja. Ja – es ist hier ein wenig anders als ich mir das vorgestellt habe. Ich dachte schon, ich könnte herumgehen und die Granden kennenlernen. Nicht gerade, um Drinks mit ihnen zu haben, weißt du, aber ihnen die Hände zu schütteln und einige Zeit miteinander zu verbringen."

„Könnten Tom, Dick und Harry das russische Kabinett anrufen und das mit denen tun? Mit dem Außenminister zum Beispiel?"

„Nee, Sandy, ich glaube nicht."

„Nun, und das ist nur ein Land, Russland, und es gibt nirgendwo den Hauch von Republik. Hier im Himmel gibt es Hierarchien, Vizekönige, Prinzen, Gouverneure, Untergouverneure und dann noch

Unteruntergouverneure. Es gibt Hunderte von Adelsgeschlechtern. Abstufungen von den großherzoglichen Erzengeln bis hinab zur allgemeinen Ebene, in der es keine Titel mehr gibt. Weißt du, was ein Blutprinz auf Erden ist?"

„Nein."

„Nun, ein Blutprinz ist nicht direktes Mitglied der königlichen Familie, und er gehört nicht zu den Adelsgeschlechtern. Er steht niedriger als der eine und höher als der andere. Das ist die Position der Patriarchen und Propheten. Es gibt einige mächtige Leute aus dem Hochadel hier. Leute, für die du und ich nicht mal würdig wären, die Sandalen zu putzen – und sie aber wiederum sind nicht würdig, den Patriarchen und Propheten die Sandalen zu polieren. Das gibt dir eine Vorstellung von ihrem Rang, nicht wahr? Du fängst an, ihren hohen Rang zu verstehen. Tust du doch, oder?"

Er schaut mich an. Ich nicke und er macht weiter: „Einen zweiminütigen Blick auf einen von ihnen erhascht zu haben, ist etwas, an das man sich tausend Jahre lang erinnert und davon immer wieder erzählt. Denk nur mal an Folgendes, Käpt'n: Wenn Abraham seinen Fuß hier unten vor unsere Tür setzte, würde man sofort ein Geländer um diese Fußspur herum aufstellen und ein Dach drüber bauen. Die Menschen aus allen Regionen des Himmels würden Hunderte und Aberhunderte von

Jahren herbeiströmen, um sie zu betrachten. Abraham wäre eine der Personen, die Mr. Talmage aus Brooklyn umarmen und küssen und mit der er weinen möchte, wenn er hochkommt. Ich wette aber fünf zu eins, dass er in der Pfütze seiner eigenen Tränen liegen wird, bevor er die Chance auf seine erste Umarmung hätte."

„Sandy", sage ich glücklich, „ich freue mich, dass du mir das alles erzählst. Ich hatte zwar die Idee, dass hier alle gleichwertig sein würden, aber das ist mir egal. Spielt keine Rolle. Ich bin auch so glücklich genug."

„Stormy, du wärest nicht so glücklich, wäre es andersrum. Diese alten Patriarchen und Propheten haben uns eine Ewigkeit voraus. Was willst du dich mit denen unterhalten? Hast du schon mal versucht, mit einem Leichenbestatter über Winde, Strömungen und Kompassvariationen zu diskutieren?"

„Nee. Der hat doch keine Ahnung davon, und er würde mich langweilen. Und ich ihn."

„Siehst du. Genauso würdest du die Patriarchen langweilen mit dem, was du erzählen könntest, und wenn sie was sagen, geht das weit über das hinaus, was du in deinem Kopf hast. Du würdest dich schnell verabschieden und sagen: ‚Guten Morgen, Eure Eminenz, ich werde mich mal wieder melden'. Aber du würdest es natürlich nicht tun. Hast du jemals den Decksjungen in deine Kabine gebeten, um mit dir zu Abend zu essen?"

„Ich verstehe genau, was du meinst, Sandy. Ich bin nicht an die großen Meister, wie es die Patriarchen und Propheten sind, gewöhnt und wäre wahrscheinlich befangen und wüsste nicht, was ich sagen sollte. Aber, mal was anderes, Sandy, was ist der höhere Rang, Patriarch oder Prophet?"

„Oh, die Propheten stehen über den Patriarchen. Der jüngste Prophet sogar über dem ältesten Patriarchen. Adam beispielsweise muss hinter Shakespeare zurückstehen."

„War Shakespeare denn ein Prophet?"

„Natürlich war er das. Homer auch und noch viele andere mehr. Aber Shakespeare und der ganze Rest stehen wiederum hinter einem gewöhnlichen Schneider aus Tennessee namens Billings und einem Pferdearzt namens Saka aus Afghanistan. Jeremia und Billings und Buddha sind auf einer Stufe, direkt hinter einer großen Gruppe von Leuten aus anderen Welten, von deren Existenz wir nichts wissen.

Als nächstes kommen ein oder zwei Dutzend vom Jupiter und anderen Planeten. Dann Daniel, Saka und Konfuzius, gefolgt wieder von einer Gruppe aus anderen Sonnensystemen. Dann haben wir Hesekiel und Muhamet, Zarathustra und einen Messerschleifer aus dem alten Ägypten. Eine ziemliche

Zahl immer weiter runter bis unten in der Tiefe zu Shakespeare und Homer und einen Schuhmacher namens Marais, aus einer abgelegenen Gegend Frankreichs."

„Haben sie wirklich Muhamet und all die anderen Heiden aufgenommen?"

„Ja, sie hatten alle eine Botschaft, und hier bekommen sie ihre Belohnung. Wer sie auf Erden nicht bekommt, braucht sich nicht zu grämen — hier wird er sie sicher erhalten."

„Okay, aber wieso hat man Shakespeare hinter Schuhmacher, Pferdeärzte und Messerschleifer gesetzt? Leute, von denen niemand je gehört hat."

„Das ist himmlische Gerechtigkeit. Sie wurden in ihrer unkultivierten Umgebung auf Erden nicht beachtet. Hier erhalten sie den Rang, der ihnen rechtmäßig zusteht. Dieser Schneider Billings aus Tennessee beispielsweise schrieb Gedichte, die Homer und Shakespeare nicht hätten schreiben können. Aber keiner hat sie gedruckt. Keiner sie gelesen. Außer einem ignoranten Nachbarn oder anderen unwissenden Idioten, die darüber nur gelacht und ihn verhöhnt haben. Sie haben ihn eines Nachts, als er krank und fast verhungert zu Hause lag, rausgeholt und ihm eine Krone aufgesetzt. Dann hoben sie ihn auf ein Brett und trugen ihn durchs Dorf, begleitet von allen Dorfbewohnern, die auf Kochtöpfen rumtrommelten und ihn verspotteten.

Kurz darauf war er tot. In den Himmel zu kommen, hatte er nicht erwartet, geschweige denn, dass es ein Aufhebens um ihn geben würde. Ich glaube, er war ziemlich überrascht von dem Empfang, den man ihm bereitet hat."

„Warst du dabei, Sandy?"

„Großer Gott, nein!"

„Warum? Wusstest du nichts davon?"

„Doch. Es war die Rede davon in diesen Gefilden – nicht nur einen Tag lang wie bei diesem Barkeeper-Empfang. Das fing schon zwanzig Jahre vorher an. Bevor der Mann starb."

„Warum zum Teufel bist du dann nicht hingegangen?"

„Nun, wie stellst du dir das denn vor? Einer wie ich mischt sich unter die Menge beim Empfang eines Propheten? Einer von unserem Gesindel drängt sich da rein und hilft, einen Granden wie Edward J. Billings zu empfangen? Ich wäre im Umkreis von einer Milliarde Meilen ausgelacht worden, und das ist das Letzte, was ich hören möchte."

„Nun, welche Leute sind denn zum Empfang gekommen?"

„Die Großen. Leute, die du und ich kaum je zu Gesicht bekommen werden. Ich sage dir, kein Bürgerlicher wird je das Glück haben, am Empfang eines Propheten teilzunehmen. Nur der Adel, alle Patriarchen und Propheten, die Erzengel, Fürsten und Vizekönige. Keine kleinen Leute. Kein einziger. Und wohlgemerkt: Ich spreche nicht nur von den Großen aus unserer Welt, sondern auch von den Prinzen und Patriarchen und so weiter, von allen anderen, die an unserem Himmel leuchten, und von Milliarden mehr, die sich in Systemen über Systemen außerhalb desjenigen befinden, in dem unsere Sonne steht. Es gibt einige Propheten und Patriarchen dort, von denen wir keine Vorstellungen haben, was ihren Rang und ihre Bedeutung und all das andere betrifft. Die bekanntesten sind drei Dichter, Saa, Bo und Soof, von großen Planeten aus drei verschiedenen und sehr weit entfernten Galaxien. Die Namen der drei kennt man in jedem kleinsten Winkel des Himmels mindestens so gut wie die achtzig Höchsten Erzengel. Von unserem Moses oder Adam und dem Rest hat dagegen außerhalb der kleinen Himmelsecke unserer Welt keiner je gehört. Allenfalls ein paar sehr gebildete Leute, die hier und da verstreut sind. Doch auch die schreiben die Namen immer falsch. Außerdem verwechseln sie die Leistungen des einen mit denen eines anderen. Sie wissen auch nur, dass sie aus unserem Sonnensystem stammen, ohne weitere Details der Herkunft zu kennen. Vergleichbar mit einem gelehrten Hindu, der, um zu zeigen, wie viel er weiß, erzählt, dass Longfellow in den Vereinigten Staaten lebe, als ob das Land so klein wäre, dass

man, wenn man einen Stein würfe, gleich Longfellow treffen würde. Unter uns gesagt, mich ärgert diese überhebliche Sicht, mit der die Leute aus diesen Monsterwelten von außerhalb unsere kleine Welt betrachten. Natürlich, es gibt Jupiter, für den unsere Welt einfach nur die Größe einer Kartoffel hat. Doch es gibt eben auch Systeme, in denen Jupiter nicht einmal der Größe eines Senfkorns entsprechen würde. Beispielsweise der Planet Goobra, den man nicht in die Umlaufbahn des Halley'schen Kometen pressen könnte, ohne dass einem dort die ganzen Streben um die Ohren fliegen würden. Von diesem Planeten kommen manchmal Touristen (ich meine Leute, die dort lebten und starben – Eingeborene). Die kommen hierher, schauen sich um, und wenn sie merken, wie klein unsere Welt ist, dass nämlich ein Blitzstrahl in einer Achtelsekunde um sie herum ist, müssen sie sich gegenseitig festhalten, um nicht vor Lachen umzukippen."
Sandy schüttelt den Kopf und sagt:
„Du glaubst es nicht, aber die halten sich dann ein Fernglas vors Auge und untersuchen uns, als wären wir eine seltene Spezies von Käfern oder so etwas in der Art. Einer von ihnen fragte mich mal, wie lang unsere Tage seien. Als ich ihm sagte, zwölf Stunden, fragte er mich, ob die Leute, wo ich herkomme, es als sinnvoll betrachten, überhaupt

aufzustehen und sich für einen solchen Tag zu waschen. Aber so sind diese Goobra-Leute. Sie lassen keine Gelegenheit vergehen, damit anzugeben, dass ihr Tag dreihundertzweiundzwanzig Jahre lang ist. Dieser junge Angeber war gerade mal volljährig. Also sechs- oder siebentausend seiner Tage alt und, sagen wir, zwei Millionen unserer Jahre, und er hatte diese jugendliche Überheblichkeit, die man gern am Wendepunkt des Lebens einnimmt, wenn man überstanden hat, ein Junge zu sein, aber doch noch kein richtiger Mann geworden ist. Wenn es irgendwo anders als hier im Himmel gewesen wäre, hätte ich ihm schon was erzählt."

„Du warst bei Billings", versuche ich ihn wieder auf Kurs zu bringen.

„Ja, zurück zu Billings. Der hatte bestimmt den großartigsten Empfang, der seit Tausenden von Jahrhunderten zu verzeichnen war. Ich denke, dass es eine gute Auswirkung haben wird. Sein Name wird sich weit verbreiten und dazu führen, dass über unser System und vielleicht auch unsere Welt gesprochen wird und wir eine größere Anerkennung innerhalb der breiten Öffentlichkeit des Himmels erfahren."

„Warum?"

Sieh es doch mal so, Stormy, unser Shakespeare ging rückwärts vor diesem Schneider aus Tennessee und streute Blumen auf dessen Weg, und Homer stand beim Bankett hinter dessen Stuhl und bediente ihn. Das hat natürlich nicht viel gebracht unter all den Leuten aus den anderen Systemen, weil sie weder von Shakespeare noch von Homer gehört hatten. Aber es würde sich unten auf unserer kleinen Erde beträchtlich auswirken, wenn die das alles wüssten. Ich wünschte, es gäbe in diesem unglücklichen Spiritualismus etwas, mit dem man ihnen eine Nachricht zukommen lassen könnte. Dieses Tennessee-Dorf würde Billings dann ein Denkmal errichten, und sein Autogramm würde wertvoller sein als Satans. Na ja, sie hatten auf jeden Fall eine großartige Zeit bei dem Empfang. Das hat mir jedenfalls ein kleiner Adliger aus Hoboken erzählt, Sir Richard Duffer, ein Baron."

„Was?", frag ich erstaunt. „Ein Edelmann aus Hoboken, Sandy? Wie kann das denn sein?"

„Ganz einfach. Duffer hatte einen Wurstladen und nie auch nur einen Cent in seinem Leben gespart. Unbemerkt hat er immer die übriggebliebenen Würste an die Armen verteilt hat. Nicht an Landstreicher. Nein, an diejenigen, die eher verhungern würden. Ehrliche, rechtschaffene Menschen ohne Arbeit.

Duffer hat hungrig aussehende Männer, Frauen und Kinder beobachtet und ist ihnen bis zu ihren Häusern gefolgt. Von den Nachbarn erfuhr er dann alles über sie. Er gab den Armen was zu essen und besorgte ihnen Arbeit. Da aber keiner mitbekam, was er tat, stand er in dem Ruf, geizig zu sein und einen miesen Charakter zu haben. Als er starb, sagten dann auch alle, es sei eine richtige Erlösung und wünschten ihm gute Reise. Aber die allerersten Worte, die Dick, der Wurstmacher von Hoboken, hörte, als er die himmlische Küste betrat, waren: Willkommen, Sir Richard Duffer! Sie machten ihn in dem Moment, als er hier landete, zu einem Baron. Das hat ihn ziemlich überrascht, weil er meinte, Grund zu der Annahme zu haben, er würde in ein sehr viel heißeres Klima als dieses geführt werden."

Plötzlich erbebt die ganze Region ziemlich heftig unter tausendeinhundertundein Donnerschlägen, die alle auf einmal losgehen, und Sandy sagt:

„Da, das ist für den Barkeeper."

Ich springe auf und sag:

„Dann lass uns losgehen, Sandy, wir wollen doch nichts verpassen, oder?"

„Bleib sitzen", sagt er, „das ist nur wegen des Telegramms, das er bald kommt, das ist alles."

„Wie bitte?"

„Die Donnerschläge bedeuten nur, dass er von der Signalstation aus gesichtet wurde. Er ist auf Sandy Hook in New Jersey, um die Erde zu verlassen. Die Komitees werden jetzt runtergehen und ihn hineinbegleiten. Es wird wie üblich einige zeremonielle

Verzögerungen geben. Sie werden noch lange nicht ankommen. Schließlich liegen immerhin noch mehrere Milliarden Meilen zwischen uns."

„Ja, Sandy, ich hätte man auch lieber ein Barkeeper oder so etwas mit einem harten Schicksal gewesen sein sollen", sag ich und erinnere mich an den einsamen Empfang, als ich angekommen war. Kein Komitee, rein gar nichts.

„Ich bemerke ein gewisses Bedauern in deiner Stimme", sagt Sandy, „und das ist völlig normal. Aber das ist geschehen und vorbei. Lass die Vergangenheit ruhen.

Du bist deinen Weg gegangen, und es ist jetzt zu spät, das Ding noch reparieren zu wollen."

„Na klar, lass gut sein, Sandy, es macht mir nichts mehr aus. Aber gibt es nicht eine Sandy Hook Insel auch hier oben?"

„Wir haben hier alles, so wie es unten ist. Alle Bundesstaaten und Territorien der Union, alle Königreiche der Erde und alle Inseln der Meere findest du hier genauso wie auf dem Globus. Alle in der gleichen Form und Größenordnung wie sie sich dort unten befinden, nur das alles hier um ein Vielfaches größer ... Ah, hör mal – da sind die nächsten Donnerschläge."

„Und wofür sind die jetzt?"

„Die kommen von einer anderen Station, die auf die erste antwortet. Sie schlagen jeweils elfhundert und ein Mal. Der übliche Gruß für die letzte Stunde des Neuen, die sogenannte „Elfte Stunde", in der nichts mehr geändert werden kann. Hundert für jede Stunde und einer extra für das Geschlecht. Wäre es eine Frau, die erwartet wird, würden wir es daran erkennen, dass sie den Extra-Schlag weglassen."

„Komisch ist, dass wir wissen, dass es tausendeinhundertundein Schläge sind, Sandy. Sie gehen ja alle auf einmal los und trotzdem weiß ich es."

„Oh, unsere Wahrnehmung ist hier in gewisser Weise ziemlich geschärft.

Zahlen, Größen und Entfernungen sind hier so gewaltig, dass wir es einrichten müssen, sie zu fühlen. Mit unserer alten Methode des Zählens, Messens und Chiffrierens würden wir nie nachkommen können. Uns würden die Köpfe rauchen, und doch würden wir niemals eine Vorstellung von der wahren Größe bekommen. Das Zählen und so weiter würde uns nur verwirren."

Nach einigen Momenten des Schweigens, fällt mir etwas ein, das ich merkwürdig finde und sag:

„Sandy, ich habe hier bisher kaum weiße Engel gesehen. Schon komisch. Bevor ich einen sehe, habe ich etwa hundert Millionen kupferfarbene getroffen. Engel, die obendrein kein Englisch sprechen. Wie kommt das?"

„Das stimmt und du wirst dasselbe in jedem Staats-

oder Territorialbereich der amerikanischen Ecke des Himmels genauso finden. Ich habe mal eine ganze Woche lang die ganzen Bereiche abgegrast. Dabei habe ich Millionen und Abermillionen von Meilen zurückgelegt und habe ganze Schwärme von Engeln getroffen, ohne jemals einen einzigen weißen zu sehen oder ein Wort zu hören, das ich verstehen konnte. Du weißt, dass, bevor ein weißer Mann jemals seinen Fuß auf das amerikanische Land gesetzt hat, Amerika eine Milliarde Jahre und mehr von Indianern und Azteken und dieser Art von Leuten bewohnt war. Während der ersten dreihundert Jahre nach der Entdeckung Amerikas durch Kolumbus gab es in Amerika nicht mehr Weiße als man bei einem guten Vortrag antrifft. In Amerika, ich meine das Ganze, die britischen Besitztümer und so weiter, alles zusammengenommen, gab es zu Beginn unseres Jahrhunderts nur sechs oder sieben Millionen – sagen wir sieben; zwölf oder vierzehn, dann fünfundzwanzig Jahre später, in 1850, ungefähr dreiundzwanzig und in 1875 vielleicht vierzig Millionen. Unsere Sterbeziffer liegt seit jeher bei zwanzig zu tausend pro Jahr. Nun, hundertvierzigtausend starben im ersten Jahr des Jahrhunderts, zweihundertachtzigtausend im fünfundzwanzigsten Jahr, fünfhunderttausend im fünfzigsten Jahr, etwa eine Million im fünfundsiebzigsten Jahr. Ich denke, dass, großzügig geschätzt, fünfzig Millionen Weiße in Amerika von Anfang an bis heute gestorben sind. Oder mach von mir aus sechzig draus. Oder hundert. Es macht keinen Unterschied, ob es ein paar Millionen mehr oder weniger sind. Jetzt kannst du dir die Frage selbst beantworten. Wenn du diesen kleinen Klacks von Leuten bedenkst, die innerhalb dieser hundert Milliarden von Meilen amerikanischen Territoriums hier im Himmel verbreitet sind, ist das in etwa so, als ob du eine 10-Cent-Packung von homöopathischen Pillen über der Sahara ausstreust und erwartest, auf deiner Wanderung eine Pille wiederzufinden. Man kann von unsereins nicht erwarten, dass wir im Himmel irgendeine Rolle spielen – und wir tun es auch nicht."

Er sieht mich an, als würde er auf etwas warten. Aber was soll ich sagen?

„Das ist eine schlichte Tatsache", fährt er schließlich fort, „und wir müssen das Beste draus machen. Hierher kommen gelehrte Männer von anderen Planeten und anderen Systemen, wenn sie durch das Himmelreich touren, und hängen eine Weile herum. Dann gehen sie zurück zu ihrem eigenen Abschnitt des Himmels und schreiben einen Reisebericht, in dem sie Amerika etwa fünf Zeilen widmen. Und was kannst du dort lesen über uns? Sie sagen: Diese Wildnis wird von einigen hunderttausend Milliarden roter Engel, mit einigen Einsprengseln von seltsamen Verstorbenen, bevölkert. Du siehst, sie denken, dass wir Weiße und die gelegentlichen Schwarzen Indianer sind, die durch irgendein Gebrechen wie Lepra oder so – für irgendeine eigentümliche schurkische Sünde, wohlgemerkt – gebleicht oder geschwärzt wurden. Es ist eine bittere Erfahrung für uns, mein Freund. Sogar für die Bescheidenen von uns, geschweige denn für die anderen, die denken, dass sie wie ein lange verschollener Schatz behandelt werden und Abraham umarmen können. Ich habe nicht nach den Einzelheiten deiner Ankunft gefragt, Käpt'n, aber ich schätze, dass ich es auch so beurteilen kann, dass die dabei kein großes Trara um dich gemacht haben, oder?

„Darüber will ich lieber nicht reden, Sandy", sag ich und werde ein wenig rot dabei. „Für kein Geld der Welt würde ich meiner Familie davon erzählen wollen. Lass uns lieber von was anderem reden."

„Okay. Dann sag mir mal, wo du dich endgültig niederlassen möchtest. In der kalifornischen Glückseligkeitsabteilung?"

„Ich weiß nicht. Ich habe noch nicht daran gedacht, etwas wirklich Bestimmtes in dieser Richtung zu tun. Ich will abwarten, bis die Familie kommt. Ich denke, ich schaue mich in der Zwischenzeit um und entscheide mich dann. Außerdem kenne ich viele Leute, die vor mir gestorben sind, und ich habe mir überlegt, sie zu suchen und mit ihnen über gemeinsame Freunde und die alten Zeiten zu plaudern und sie zu fragen, wie es ihnen da gefällt, wo sie sind, soweit sie sich schon niedergelassen haben. Ich schätze, meine Frau wird gern in der kalifornischen Gebirgsregion campieren wollen, denn die meisten ihrer Verwandten werden dort sein und sie mag mit Leuten zusammen sein, die sie kennt."

„Mach das bloß nicht, Käpt'n. Du siehst, was der Jersey Distrikt des Himmels für die Weißen ist. Der kalifornische ist tausendmal schlimmer. Dort wimmelt es von dieser fiesen Art schlammfarbener Dummköpfe von Engeln, und dein nächster weißer Nachbar ist wahrscheinlich eine Million Meilen entfernt. Was ein Mensch im Himmel am meisten vermisst, ist Gesellschaft. Gesellschaft mit seiner eigenen Art, Farbe und Sprache. Ich hätte mich deswegen ein oder zwei Mal fast im europäischen Teil des Himmels niedergelassen."

„Und warum hast du es nicht getan?"

„Oh, verschiedene Gründe. Zum einen, obwohl man dort viele Weiße sieht, kann man sie kaum verstehen, und so geht man genau so gesprächshungrig umher wie hier. Ich schaue mir gerne einen Russen, einen Deutschen oder einen Italiener an. Sogar einen Franzosen, wenn ich je das Glück habe, ihn bei etwas anzutreffen, das nicht unanständig ist. Aber sehen allein stillt dir den Hunger nicht.

Was du brauchst, ist, mit ihnen zu reden – was wir wollen, ist reden."

„Was ist mit England, Sandy? Mit dem englische Bezirk des Himmels?"

„Ja, aber dort ist es nicht viel besser als an diesem Ende des himmlischen Bereichs. Solange du Engländern über den Weg läufst, die in den letzten dreihundert Jahren gelebt haben, ist alles okay. Aber sobald du in die Zeit von Elizabeth der Ersten zurückgehst, beginnt die Sprache dir schleierhaft zu werden, und je weiter zurück, desto düsterer wird es. Ich hatte ein Gespräch mit zwei mittelalterlichen Poeten, Langland und Chaucer. Es war zwecklos. Ich hab nichts verstanden von dem, was sie sagten, und sie nichts von dem, was ich ihnen erzählte. Sie schreiben mir seit unserem Treffen Briefe. Aber ich kann das gebrochene Englisch, in dem sie schreiben, nicht lesen.

Vor der Zeit dieser Männer gab es da mehr oder weniger nur Ausländer, die Dänisch, Deutsch, Normannisch, Französisch und manchmal eine Mischung aus allem sprachen. Davor sprachen sie Latein und Altbritisch, Irisch und Gälisch; und dann kommen Milliarden und Abermilliarden von reinen Wilden, die ein Kauderwelsch reden, das Satan selbst Probleme hätte, sie zu verstehen. Tatsache ist, auf einen Mann in den englischen Siedlungen, den du verstehst, kommt eine schreckliche

Menge von Leuten, die etwas sprechen, auf das du dir einfach keinen Reim machen kannst. Das ist aber üblich, denn jedes Land auf der Erde wurde im Laufe von einer Million Jahren so oft mit verschiedenen Menschen und Sprachen gekreuzt, dass im Himmel, ich sag's mal deftig, zwangsläufig nur Straßenköter-Sprachen zu hören sind."

„Hört sich alles nicht gut an, Sandy", sag ich, „aber mal was anderes: Hast du viele der berühmten Menschen gesehen, die wir aus der Geschichte kennen?"

„Ja, reichlich. Ich sah Könige und alle möglichen angesehenen Leute."

„Haben die Könige hier denselben Rang wie unten?"

„Nein, ein Körper kann seinen Rang nicht mitnehmen. Gott hat den Königen ihr Recht nur für die Erde verliehen, aber nicht für hier. Sobald sie die Reiche der Gnade erreichen, werden sie der allgemeinen Klasse zugeordnet. Ich kenne Charles den Zweiten sehr gut. Er ist einer der beliebtesten Komödianten in der englischen Sektion und kann erstklassig zeichnen. Es gibt natürlich Bessere. Menschen, von denen man auf Erden noch nie etwas gehört hat. Aber Charles macht seine Sache sehr gut, hat einen ausgezeichneten Ruf, und man sagt ihm eine große Zukunft voraus. Richard Löwenherz ist ein sehr erfolgreicher Preisboxer und

Heinrich der Achte ist ein Tragödienschauspieler. Die Szenen, in denen er Menschen tötet, sind aus dem täglichen Leben gegriffen. Heinrich der Sechste wiederrum unterhält einen kleinen religiösen Buchladen."

„Und hast du auch Napoleon schon gesehen, Sandy?"

„Oft – mal im korsischen Bereich, mal im französischen. Er spürt immer auffälligen Orten nach, runzelt die Stirn, verschränkt die Arme, hält das Fernglas in der Hand und sieht so großartig, düster und eigenartig aus, wie es bei seinem Ruf erwartet wird. Aber er ist mit seiner Stellung sehr unzufrieden, die er für einen Soldaten, wie er es ist, als viel zu niedrig betrachtet."

„Und, stimmt das?"

„Ich weiß nicht, aber eine Menge Leute stehen höher, von denen wir noch nie etwas gehört haben. Der Schuhmacher, der Pferdearzt und der Messerschleifer beispielsweise. Tölpel, von Gott weiß woher, die in ihrem Leben nie ein Schwert in der Hand hatten oder einen Schuss abgefeuert haben. Aber sie hatten das Soldatische im Blut, nur nie die Chance, es zu zeigen. Hier aber nehmen sie den Platz ein, der ihnen gebührt, und Cäsar, Alexander oder eben Napoleon müssen zurückstehen. Das größte militärische Genie, das unsere Welt je hervorgebracht hat, war ein Ziegelsteinleger mit dem

Namen Absalom Jones, irgendwo aus Boston. Er starb während der Revolution. Wohin er auch geht, wird er von Massen von Menschen verfolgt. Jedermann hier weiß, dass, wenn er eine Chance gehabt hätte, er der Welt einen Feldherren gezeigt hätte, der alles Feldherrentum vor ihm als Kinderkram oder die Arbeit eines Lehrlings hätte aussehen lassen. Doch er hatte nie eine Chance, obwohl er viele Male versuchte, sich als Soldat zu melden. Aber er hatte beide Daumen und ein paar Vorderzähne verloren, und der rekrutierende Sergeant wollte ihn nicht nehmen. Aber wie ich schon sagte, jetzt weiß jeder, was er gewesen wäre, und deshalb strömen sie zu Millionen, um einen Blick auf ihn zu werfen, wann immer sie hören, er würde da oder dort sein. Caesar, Alexander, Napoleon und auch Hannibal sind alle in seinem Stab und noch viele andere große Feldherren. Aber für die interessiert sich die Öffentlichkeit kaum, wenn er in der Nähe ist."

Es gibt plötzlich wieder einen Rums und Sandy sagt:

„Da! – Ein weiterer Salut. Der Barkeeper ist nicht mehr in Quarantäne."

Wir ziehen jetzt unsere Sachen an, stellen uns auf den Teppich, wünschen, und in der nächsten Sekunde sind wir beim Empfang. Wir stehen am Rand des Weltraum-Ozeans und schauen in die

Düsternis hinaus, können aber nichts erkennen. Ganz in der Nähe befindet sich die Haupttribüne. Unzählige Ränge von dunklen Herrschersitzen ragen in die Höhe. An jeder Seite der Tribüne schließen sich die Sitzreihen für die breite Öffentlichkeit an. Kilometer um Kilometer, sodass man das Ende nicht sehen kann.

Sie sind vollkommen leer, und es ist mucksmäuschenstill. Alles sieht trostlos aus wie ein leeres Theater. Sandy sagt:

„Wir setzen uns hierhin. Wir werden die Spitze der Prozession bald zu Gesicht bekommen."

Ich sag: „Sandy, ich schätze, hier stimmt irgendetwas nicht. Es ist niemand hier außer uns. Keiner. Nur du und ich. Das sieht mir nicht nach einer großen Show für einen Barkeeper aus."

„Mach dir keine Sorgen. Es ist alles okay. Es wird noch einen weiteren Salut geben, und danach kommen sie dann alle. Du wirst es sehen.

Nach kurzer Zeit bemerken wir einen ziemlich heller Schein hinterm Horizont.

„Die Spitze des Fackelzugs", sagt Sandy.

Der Schein wird heller und heller und blendet bald wie der Scheinwerfer einer Lokomotive. Die Helligkeit nimmt weiter zu und große rote Strahlen schießen hoch in den Himmel. Es sieht aus, als würde eine Sonne über dem Horizont stehen.

„Nimm die Haupttribüne scharf ins Auge", sagt

Sandy, „und pass auf, wenn die nächsten Donnerschläge kommen."

Gerade als er es sagt, geht es auch los – Bumm-
Bumm-Bumm-Bumm! Wie eine Million Gewitter
in einem einzigen. Der Lärm lässt den ganzen
Himmel erbeben.

Dann plötzlich sind schrecklich viele Lichtblitze
über uns – und zack: Jeder der Millionen Plätze ist
besetzt.

Soweit man sehen kann, ist in beiden Richtungen
ein dichtes Menschenknäuel. Der Ort ist jetzt herr-
lich beleuchtet. Es raubt einem fast den Atem.

Sandy sagt:

„So wird das hier gemacht, Käpt'n. Keine Zeit wird
vertrödelt und niemand stolpert rein, wenn der
Vorhang schon hoch ist. Wünschen ist die schnellste Form des Reisens. Vor einer Viertelsekunde waren
diese Leute Millionen von Meilen von hier entfernt. Als
sie das letzte Signal hörten, wünschten sie und,
schwupps, sind sie da."

Ich höre wunderschönen Chorgesang:

> Wir sehnen uns danach, deine Worte
> zu verstehen
> Und dich von Angesicht zu Angesicht
> zu sehen

Es ist eine sehr edle Musik. Doch die unmusikalischen

Zuschauer fallen ein und verderben den schönen Gesang, genau wie sie es auf Erden auch immer machen.

Der Spitze der Prozession ist jetzt fast vorüber. Es wahnsinniger Anblick. Es rauschen fünfhunderttausend Engel auf einmal vorbei und jeder Engel trägt eine Fackel und singt – das schwirrende Klappen der Flügel schmerzt fast im Kopf. Man kann der Linie der Engel folgen und sie schräg nach oben in den Himmel steigen sehen wie ein glitzerndes sich schlängelndes Seil, bis es nur noch ein schwacher Streifen in der Ferne ist. Die Prozession geht lange Zeit weiter, bis endlich der Barkeeper kommt. Jetzt stehen wir alle auf und jubeln. So laut, sag ich euch, dass der Himmel bebt. Der Barkeeper ist ein einziges Lächeln, hat seinen Heiligenschein in einer frechen Art und Weise über ein Ohr gezogen und sieht aus wie der zufriedenste Heilige, den ich je gesehen habe.

Während er die Stufen der Tribüne hinaufmarschiert, stimmt der Chor wieder an:

> Der weite Himmel lacht und singt
> und wartet drauf, wie deine Stimme
> klingt.

Auf dem Ehrenplatz, auf einer breit geschwungenen Plattform in der Mitte der Tribüne, stehen vier wunderschöne Zelte nebeneinander, und um sie herum steht, in glänzender Pracht, die Ehrengarde. Die Zelte sind die ganze Zeit geschlossen. Als der Barkeeper hochgeht, sich vor allen verbeugt und lächelt und endlich auf der Plattform ankommt, öffnen sie sich plötzlich, und man sieht vier prächtige mit Juwelen bestückte Thronsessel aus purem Gold. Auf den beiden mittleren sitzen zwei alte, weißhaarige Männer, und auf den beiden anderen zwei prächtige Riesen mit goldenem Heiligenschein und weißer Rüstung. Die Millionen starren sie ungläubig an. Dann knien alle nieder, wobei sie sehr fröhlich sind und sich in ein freudiges Gemurmel stürzen:

„Zwei Erzengel! Wie wundervoll. Großartig. Wer sind wohl die anderen?"

Die Erzengel geben dem Barkeeper einen steifen, kleinen militärischen Bogen. Die beiden alten Männer erheben sich und einer von ihnen sagt:

„Moses und Esau heißen dich willkommen."

Kaum sind die Worte verklungen, sind alle vier verschwunden.

Der Barkeeper sieht ein wenig enttäuscht aus. Ich denke, dass er diese alten Leute umarmen wollte. Aber die Besucher sind die fröhlichsten und stolzesten, die ihr je gesehen habt. Sie haben Moses und Esau gesehen. Alle sagen:

„Hast du sie gesehen? Hast du sie gesehen? Ja? Ich

sah Moses direkt ins Gesicht, so deutlich, wie ich dich in dieser Minute sehe."
Die Prozession nimmt den Barkeeper wieder auf und geht mit ihm weiter. Die Menge geht auseinander. Als wir nach Hause gehen, sagt Sandy, es sei ein großer Erfolg, und der Barkeeper könne für immer stolz darauf sein. Dann sagt er noch, wir hätten auch Glück gehabt. Man könne vierzigtausend Jahre lang an Empfängen teilnehmen und hätte keine Chance, ein Paar solch großer Meister wie Moses und Esau zu sehen.

Später finden wir heraus, dass wir beinahe noch einen anderen Patriarchen und einen echten Propheten gesehen hätten, die aber beide im letzten Moment bedauernd abgesagt hatten. Sandy erzählt mir später, sie hätten ein Denkmal gebaut, dort oben, wo Moses und Esau gestanden hätten, mit Datum und Ereignis, und alles über den Hintergrund eingraviert.

Reisende werden jetzt für Tausende von Jahren kommen und es anstarren, darauf herumklettern und ihre Namen einritzen.

BIOGRAFIEN

Mark Twain

Mark Twain, mit bürgerlichem Namen Samuel Clemens, wurde am 30. November 1835 in dem Ort Florida im US-Bundesstaat Missouri geboren. Kindheit und Jugend verbrachte er dann in der nahe gelegenen Ortschaft Hannibal.

Ab dem Jahr 1851 arbeitete er als Schriftsetzer in verschiedenen Städten der USA und wurde 1857 Steuermann auf einem Mississippidampfer. Zu Beginn des amerikanischen Bürgerkriegs, im Juni 1861, meldete er sich freiwillig zur Konföderierten Kavallerie, verließ sie jedoch bereits im Juli wieder und begab sich nach Nevada, wo er als Reporter für das Blatt *Territorial Enterprise* in Virginia City arbeitete, und ging 1894 nach San Francisco. In Virginia City gab er sich den Künstlernamen Mark Twain, der von einem Begriff stammt, mit dem in der Umgangssprache der Flussschiffer zwei Faden (3,69 m) und damit die Wassertiefe eines Flusses gemeint ist.

1894 erlangte Mark Twain ersten literarischen Ruhm mit seiner Geschichte *Der berühmte Springfrosch von Calaveras County*. Seinen nächsten Schritt auf der Erfolgsleiter machte er 1867, als er eine fünfmonatige Seereise im Mittelmeer unternahm und humorvoll über die Sehenswürdigkeiten für amerikanische Zeitungen schrieb.

Aus den Artikeln machte er 1869 ein Buch; veröffentlicht unter dem Titel *Die Arglosen im Ausland*. Es wurde ein Bestseller.

Als sein Meisterwerk gilt der Roman *Die Abenteuer von Huckleberry Finn* (1884). Er steht in der Nachfolge seines *Tom Sawyer* Buches (1876).

„Die gesamte moderne amerikanische Literatur stammt aus einem Buch von Mark Twain", schrieb Ernest Hemingway 1935 und nannte *Huckleberry Finn*. Hemingways Kommentar bezieht sich auf die Umgangssprache von Twains Bestseller, denn „vielleicht zum ersten Mal in Amerika wurde die lebendige, rohe, nicht so respektable Stimme des einfachen Volkes verwendet, um große Literatur zu schaffen."

Mark Twain, dieser freundliche, intelligente und ehrgeizige Journalist und Reisende war endgültig einer der beliebtesten und berühmtesten Schriftsteller Amerikas geworden. Er war in den Jahren des späten 19. Jahrhunderts womöglich der berühmteste Amerikaner, wurde viel fotografiert und man berichtete über ihn, wohin er auch ging.

Im Februar 1870 heiratete er die 24-jährige Olivia (Livy) Langdon, die Tochter eines reichen New Yorker Kohlenhändlers. Das Paar ließ sich in Buffalo, New York, nieder und später in Hartford, Connecticut.

Ab 1891 lebte Twain mit seiner Familie überwiegend in Europa: Frankreich, Deutschland, Italien,

England und Österreich. In den letzten Jahren wohnten sie in New York (Manhattan).

Das Paar hatte vier Kinder, verlor jedoch früh seinen kleinen Sohn Langdon, der 1896 an Diphtherie starb. Twains Lieblingstochter Susy starb im Alter von 24 Jahren an einer Entzündung des Rückenmarks, seine jüngste Tochter Jean 29-jährig an einem Herzinfarkt.

Im Juni 1904 starb nach langer Krankheit seine Frau Livy, während sich Twain auf einer Reise befand.

Auch wenn er nach außen weiter liebenswürdig auftrat, gingen die tragischen familiären Erlebnisse nicht spurlos an ihm vorbei. Er hatte Wut- und Paranoia-Anfälle und erlebte Perioden depressiver Antriebslosigkeit. Obwohl er noch viel schrieb, konnte er die meisten seiner Projekte nicht mehr abschließen.

Twain, der zwei Wochen nach einer Erdannäherung des Kometen Halley geboren wurde, soll im Jahre 1909 gesagt haben: „Ich kam 1835 zusammen mit dem Halley-Kometen. Er wird nächstes Jahr wiederkommen, und ich erwarte, mit ihm zusammen wieder zu gehen. Falls nicht, wäre das die größte Enttäuschung meines Lebens.

Doch der Allmächtige hat ohne Zweifel gesagt: ‚Hier sind diese beiden unbegreiflichen Verrückten; sie sind zusammen gekommen, sie müssen zusammen gehen‘".

Samuel Clemens, der als Mark Twain Weltruhm erlangte, starb am 21. April 1910 in seinem Landhaus in Redding, Connecticut, einen Tag nach der Annäherung des Kometen an die Erde.

Gino Leineweber

Gino Leineweber, Jahrgang 1944, ist Poet, Schriftsteller und Übersetzer. Er lebt in seiner Heimatstadt Hamburg und zeitweise in Cedar, Michigan, USA.

Nachdem er anfangs Prosa geschrieben und veröffentlicht hat, arbeitet er jetzt hauptsächlich im Bereich der Lyrik. Er schreibt auf Deutsch und Englisch. Seine Gedichtbände sind teilweise auch in andere Sprachen übersetzt. Die Übersetzung des Buches *Silberfäden* wurde auf der Buchmesse in Sarajewo, Bosnien-Herzegowina, in 2017 als *Lyrikbuch des Jahres* ausgezeichnet. Daneben veröffentlicht er Biografien, Essays und Reiseberichte.

Von 2003 bis 2008 war er Redakteur der *Buddhistischen Monatsblätter* (BM) in Hamburg.

Ab 2003 führte er für zwölf Jahre die Hamburger Autorenvereinigung und ist ab 2015 deren Ehrenvorsitzender. Von 1991 bis 2015 war er Mitglied der Deputation der Kulturbehörde Hamburg.

Leineweber ist seit 2013 Präsident des Three Seas Writers' and Translators' Concil (TSWTC) mit Sitz in Rhodos, Griechenland. Er ist Mitglied im PEN-Zentrum deutschsprachiger Autoren im Ausland (früher Exil-P.E.N Deutschland).